"¡Susan Hatler tiene un don para escribir libros que me atraen a partir de la primera página!"
— *Books Are Sanity!!! en Amor a Primera Cita*

"La Sra. Hatler tiene una forma de escribir diálogos ingeniosos que te hacen reír a carcajadas a lo largo de sus historias."
— *Night Owl Reviews en Verdad o Cita*

"Me hizo sonreír por completo."
— *Getting Your Read On Reviews en Un fantástico festival*

"*Un fantástico festival* es una publicación perfecta y maravillosa para un día estresante o loco."
— *Cafè of Dreams Book Reviews*

"Susan tiene un don para los diálogos despreocupados desde el corazón y para describir la chispa que hay en la conexión entre Holly y Dave... ¡Hecha un vistazo a este delicioso bocado!"
— *Tifferz Book Reviewz en Un fantástico festival*

LIBROS DE SUSAN HATLER

La Serie: Cita para Rehacer

La Cita Millonaria

La Doble Cita Desastre

La Cita de al Lado

Cita al Rescate

Cita a la Moda

Érase una Vez una Cita

La Serie: Mejor una Cita que Nunca

Amor a Primera Cita

Verdad o Cita

Mi Ultima Cita a Ciegas

Salva la Cita

Giros de una Cita

Licencia para Citas

Conducida a Citas

Arriba con la Cita

Déjà Cita

Cita y Corre

LIBROS DE SUSAN HATLER

La Serie: Bahía de la Luna Azul

La Posada de las Segundas Oportunidades

Promesa de Mujeres Hermanadas

La Estrella de los Deseos

La Casita de Campo más Acogedora

La Serie: Sueños en Montana

Un fantástico festival

Una cautivadora cena

Una brillante boutique

Una memorable montaña

Una bonita boda

Una especial excursión

Una sensacional sorpresa

Una novedosa Navidad

LA CITA DE AL LADO

SUSAN HATLER

LA CITA DE AL LADO

SUSAN HATLER

DEDICATORIA

Para todos mis lectores.
Gracias por vuestras amables palabras.
Me hacéis sentir especial.
¡Feliz lectura!

CAPÍTULO UNO

Lo único peor que deshacer las maletas es deshacer las maletas dos veces, y estoy deshaciéndolas por tercera vez desde que me mudé al centro de Sacramento. Sí, ¡yo! No. En mi agenda, deshacer las maletas está a la altura de fregar la olla después de hacer macarrones con queso, quitar chicle de la suela de mis zapatillas favoritas o intentar encontrar una habitación de alquiler en una casa compartida con alguien que no conozco.

Así que me convertí en la reina del courchsurfing... hasta aquel día.

Previo a saltar de sofá en sofá por los apartamentos de mis amigos del centro, había estado viviendo con dos de mis cuatro hermanos a las afueras de la ciudad y me había cansado de ir al trabajo. ¿Tráfico en hora punta dos veces al día? Paso. Tras vagabundear en el sofá de mi amiga Krista y luego en el sofá de mi amiga Abigail, me encontraba oficial-mente de alquiler en una habitación de la casa de mi mejor amiga de la infancia, Lucy Remington. Lucy y yo siempre habíamos hablado de compartir residencia en la universidad, pero luego ella se marchó a Princeton mientras yo entré en la universidad local, en U.C. Davis.

Tras todos aquellos años, Lucy y yo vivíamos juntas por fin. Me encontraría saltando de alegría si no hubiera estado, ya sabéis, deshaciendo las maletas. Inspeccioné mi nueva habitación en su elegante casa adosada: techo alto, ventanas con adornos blancos con cortinas romanas y mi colchón doble, somier y foto que había usado desde la universidad.

Mi mirada se posó en Lucy mientras ella alzaba uno de mis vestidos de verano hasta su pecho y luego examinaba su reflejo en el espejo de cuerpo entero de la habitación. Ella acababa de sacar ese vestido de una de las muchas cajas de cartón que yo había subido por las escaleras de la nueva casa adosada de Lucy, que su madre le había comprado (pagó en efectivo, fíjate) solo para que Lucy viviera cerca de sus padres. Debía ser genial aquello.

Lo último que me compró mi madre fue una caja de dulces en el cine cuando vimos la última película de Jennifer Lawrence. Pero, en defensa de mi madre, mis padres no estaban tan bien situados como los Remington. Lucy tenía una tarjeta de crédito de sus padres sin límite de saldo y compraba en boutiques de diseñadores, mientras que yo normalmente compraba mi ropa en estantes de rebajas y tiendas de segunda mano. A pesar de nuestras polaridades financieras, nació una fuerte unión entre nosotras cuando éramos niñas.

Mis hombros se tensaron cuando colgué una chaqueta de mezclilla en una percha y después la coloqué en la percha dentro del armario. Desembalar, desembalar sin fin... Luego agarré un par de vaqueros, los doblé y metí en un cajón de la cómoda y me di la vuelta en busca del vestido de verano que mi amiga había estado sosteniendo y que, en aquel momento, se encontraba arrojado en la caja que acababa de vaciar.

—¡Lucy! —Recogí el vestido mientras ella se volvía hacia mí, con su mano tocando la chaqueta que yo acababa de colgar. Ella retiró la mano y puso una mirada inocente.

Sus ojos se agrandaron.

—¿Qué pasa, Hannah?

—Te estás perdiendo toda la parte de deshacer las maletas —dije, inclinando la cabeza hacia la izquierda, haciendo rebotar mis rizos oscuros sobre mi hombro—. Te ofreciste a ayudar, no a trabajar en mi contra.

—Estoy tan emocionada de que finalmente vivamos juntas —Lucy sonrió y luego tomó el vestido y lo puso en una percha mientras yo regresaba a por otra caja aparentemente sin fondo—. Compartir ropa es prácticamente un requisito de compañeras de casa. Solo estoy revisando mis opciones.

—Oh, ¿es eso lo que estás haciendo? —Me reí mientras ella indagaba más profundamente en mi armario casi a reventar. El armario de Lucy estaba lleno de Prada y Gucci, mientras que el mío tenía hallazgos de tiendas de segunda mano y compras gangas. Combinados, nuestros conjuntos de ropa serían definitivamente únicos.

—Pero ninguna de estas faldas negras lisas o abotonadas va a funcionar en mi cita de esta noche —gruñó Lucy, arrojando un par de opciones rechazadas por encima de su hombro, de vuelta a una caja de cartón—. Este es el último intento de encontrar un novio con el que puedo contar antes de renunciar a ello para siempre, así que mi look tiene que reflejar ese objetivo o voy apañada.

—Sin meter presión, eh —dije, levantando una ceja.

—¿Vale? Bueno, si Derek me estuviera preparando la cena en casa, uno de estos conjuntos podría haber funcionado, pero me llevará a The Boat House a cenar. ¿Sabes ese restaurante en el río en Old Sac?

Asentí con la cabeza, sintiendo un poco de envidia.

—Debe ser genial tener una cita.

—Saliste con Patrick por allí durante un tiempo —dijo, mirándome de una forma que explicaba que no le gustaba Patrick y que no es que lo echara de menos exactamente.

—Patrick era agradable —dije, encogiéndome de hombros—. Solo que un poco también... extravagante para mí.

—Yo también soy algo extravagante —Ella asintió, agarrando un puñado de la nueva ropa de oficina que había comprado tras mi reciente promoción laboral —. Así que tampoco encuentro vestuario para mis citas.

—Es mi nueva ropa de trabajo, ¿vale? —dije, ordenando el desorden de Lucy. De hecho, había estado arreglando el desorden de Lucy desde el primer día de la escuela primaria cuando accidentalmente se le cayó la bandeja de la cafetería en el comedor y lloró. Limpié su desastre, compartí mis rodajas de manzana con ella, y nos convertimos en las mejores amigas desde entonces. Me quedé mirando mi nuevo look de oficina y suspiré.

—He soportado mucha presión en el trabajo desde que mi jefa renunció y emprendió su propio negocio de maletas.

—Jennifer, ¿verdad? Pensé que te había ascendido antes de irse.

—Lo hizo, pero ahora tengo que estar a la altura del aumento de sueldo impresionando a un cliente que mi nuevo jefe quiere que consiga.

—Tu nuevo jefe todavía te está probando, ¿eh?

—Por no decir otra cosa —dije, estudiando la falda de tubo a rayas que sostenía, que era una desviación de mi estilo normalmente más informal—. Si no logro que este cliente firme, creo que mi jefe me va a despedir. Yo no era su elección para el trabajo y Jennifer tuvo dificultades para convencerlo de que me diera una oportunidad. Solo tengo esta oportunidad, así que no puedo desaprovecharla.

Llevaba dos años trabajando en la prestigiosa empresa de marketing Haskell & Haskell y recientemente me habían ascendido a jefa del recién creado departamento de redes sociales. A pesar de mi experiencia en la empresa, a Peter Haskell, el director ejecutivo, no le encantó que fuera licenciada en sociología. Todo giraba en torno a quedar bien en el papel y aparentemente mi currículum no se ajustaba a mi sueldo. Yo no era su primera (o segunda) opción para el puesto, por lo que se dedicaba a examinar todos mis movimientos en la oficina.

Afortunadamente, Jennifer había convencido al Sr. Haskell de que me dejara dirigir el departamento de redes sociales, algo imprescindible en el mundo del marketing actual. Pero tenía que demostrar mi valía y hacerlo rápidamente. ¿Mi prueba? Contratar a Ray Livingston para Haskell & Haskell, el millonario diseñador de moda que se hizo a sí mismo. ¿El problema? Todas las demás empresas de la ciudad querían su cuenta. ¿Nivel de estrés? Alto.

¿Cómo podría yo, Hannah Griffin, con una falda de ganga y tacones de tienda de segunda mano impresionar al multimillonario Ray Livingston? Sí, eso es lo que todavía estaba tratando de averiguar. Pero pensé que comenzar con un atuendo de trabajo sobrio (léase: aburrido) no haría daño.

Lucy puso una mano en mi hombro, haciéndome saltar.

—No te preocupes, Han. Vas a conseguir a ese cliente y luego tu jefe se dará cuenta de que Jennifer tenía razón al promocionarte.

—Gracias por tu fe, pero no lo sé... —Mi estómago se revolvió. La cabeza me dio vueltas. Cada segundo que dedicaba a deshacer maletas era un segundo en el que podría estar elaborando una estrategia sobre cómo conseguir ese nuevo cliente. Pero no parecía estar progresando en el frente de desembalado gracias a que mi mejor amiga seguía centrada en su cita. Miré alrededor todo el desorden en mi habitación y entré en pánico.

—Me van a despedir.

—No, lo tienes hecho —Ella me dio un pequeño apretón en el hombro—. Sé que lo harás.

—No estoy tan segura —dije, deseando por primera vez haberme graduado en marketing para que el señor Haskell estuviera más contento conmigo. En realidad, había elegido estudiar sociología porque parecía que me iba bien en esas clases y las disfrutaba. Me gradué, conseguí un trabajo y tres años después todavía no había encontrado mi pasión hasta que conseguí el trabajo como asistente de Jennifer y poco a poco me di cuenta de lo que quería hacer a tiempo completo: marketing en redes sociales.

Era mi oportunidad. Realmente pensaba que era buena

en eso y creía que podía ayudar a Ray Livingston a mejorar la visibilidad de su marca a través de las redes sociales. Tenía grandes ideas. El problema era que yo era una joven de veintiséis años cuyo currículum decía: sociología, camarera y asistente. ¿Quién escucharía mis sugerencias?

No Peter Haskell, eso estaba claro.

—Le vas a encantar a ese cliente —insistió Lucy, mirándome a los ojos y asintiendo con la cabeza como si estuviera segura—. Te lo vas a quedar.

—¿Pero cómo? —pregunté, recogiendo mis nuevos tacones negros y mostrándole un rasguño que no había notado antes. Sentí que era injusto que no venir de una familia adinerada me dejara en desventaja—. Ray Livingston no me tomará en serio si cree que no luzco como una profesional, lo cual admito que no importa en este momento ya que ni siquiera puedo lograr que conteste mis llamadas o que me llame por teléfono. Este tipo es multimillonario, Lucy. Necesito tacones de Christian Louboutin para dar una buena impresión, no tacones de segunda mano.

—¿A quién le importa qué tipo de zapatos uses? —preguntó, agitando una mano en el aire. Es fácil para ella decirlo cuando su armario estaba lleno de las etiquetas más caras.

—Tengo que dar una primera impresión correcta cuando lo conozca —Volví a agarrar la falda lápiz, la dejé sobre mi cama y traté de alisarla—. Por eso compré esto, pero parece que tiene arrugas permanentes. ¿Cómo se supone que me tomará en serio si me dirijo a él dentro de una falda arrugada?

—Estás equivocada, Han...

Sin embargo, en mi mente no lo estaba. Todos los días reflexionaba sobre una docena de escenarios de cómo ganarme a ese cliente, la presión de tener éxito y mantener mi trabajo me estaba llevando al límite. Miré a mi alrededor, al desorden frente a mí, seguidamente comencé a tirar de los rizos oscuros que sobresalían de cada lado de mi cabeza hasta que me dolió el cuero cabelludo. Fue lo que me hizo seguir deshaciendo las maletas.

—Quiero decir, ni siquiera sé cómo comer caviar —dije, extendiendo los brazos mientras cambiaba al modo enloquecer—. Está por encima de mi entendimiento, Lucy. Tengo tantas ganas de conservar este trabajo... pero mis padres son profesores de secundaria. Nunca me enseñaron a comer caviar. ¿Cómo se come el caviar? ¿Y por qué? Todos esos pequeños huevos redondos se ven tan...

—¡Mira, Hannah! —Lucy gritó, interrumpiendo mi perorata.

Me di la vuelta y miré a mi amiga. En lugar de prestar atención a mi obvia histeria (como debería hacer una mejor amiga), estaba sosteniendo dos vestidos de la parte de atrás de mi armario. Una enorme sonrisa se dibujó en su rostro, que se apretaba entre un vestido con lentejuelas y un vestido con falda de tul negra.

—Nuestros vestidos de graduación... —Gruñí

—¿Cómo terminaste conservando esto? —Ella preguntó.

—Creo que prometí llevarlos a la tintorería —Hice una mueca, mostrándole una sonrisa amplia—. Hace como ocho años. Ups.

Lucy olió la zona de la axila de cada vestido y luego se encogió de hombros.

—Son factibles. Tenemos que probárnoslos. Tenemos que hacerlo.

Negué con la cabeza.

—¿Por qué tengo la sensación de que no escuchas nada de lo que digo sobre mi trabajo y la crisis que tengo ante mí?

Comenzó a bailar por la habitación.

—¿No recuerdas el baile de graduación, Hannah?

—Sí —dije, recordando la decepción de aquella noche que nunca quería revivir, que involucró al hermano mayor de Lucy de quien había estado enamorada desde siempre, especialmente después de que se ofreciera a llevarme al baile de graduación. Luego... desamor. Prefería deshacer maletas que revivir aquella noche—. ¿No recuerdas que tengo que terminar de deshacer las maletas?

—¿Es eso más importante que el baile de graduación?

—Necesito elaborar una estrategia sobre cómo fichar a ese cliente, ¿recuerdas? ¿Para conservar mi trabajo? ¿Te suena? —Me acerqué a ella, le quité el vestido de tul midi de las manos y luego le hice un gesto exagerado—. Para que pueda pagarte el alquiler, para que puedas tomar prestada mi ropa, para que puedas ensuciar mi habitación una y otra vez.

Ella miró con horror cómo tiraba el vestido de graduación sobre la cama.

—Hannah, no lo entiendes. Es imperativo que nos probemos estos vestidos. Ahora mismo.

Suspiré, sabiendo que cuando ella se obsesionaba con algo no podía convencerla de que no lo hiciera. Además, no era culpa suya que recordara la noche de graduación de manera diferente a mí. Yo no le había contado todas las veces que había fantaseado con su hermano. Eso habría sido demasiado embarazoso. Así que, ella no tenía ni idea de cómo el rechazo de su hermano había aplastado mi corazón.

Me crucé de brazos.

—¿Por qué es imperativo que nos pongamos nuestros viejos vestidos de graduación esta noche? Si es que es posible que podamos entrar en ellos... Seamos realistas, el helado de chocolate es mi amigo.

—Exactamente. Toda tú eres helado, chica... —Se tocó la sien con un dedo y luego me hizo un gesto—. Tú, mi dulce amiga, te preocupas por ese cliente por una sola razón. Has olvidado que eres Hannah Griffin y eso es lo que importa al conseguir ese cliente.

—¿Que soy Hannah Griffin?

—Sí, tonta. Y no qué te pones para ir a la oficina, o cómo o si tú comes caviar. Probarse este vestido de graduación te ayudará a recordar quién eres y te hará sentir segura de nuevo.

—¿De verdad crees que probarnos los vestidos ayudará a mi carrera profesional? —pregunté, considerando aquello y mordiéndome el labio inferior. Para ser sincera, me sentía mucho más segura antes de ser promocionada. La presión del director ejecutivo me hacía cuestionar todo sobre mí.

—Así es. Y también será muy divertido —agregó, levantando los puños en el aire.

Finalmente sonreí.

—Bien entonces...

Diez minutos más tarde (que pareció una eternidad entre meter barriga y tirar de las cremalleras), Lucy y yo estábamos una al lado de la otra con nuestros vestidos de graduación, mirándonos en el espejo de cuerpo entero. Zapatillas de color rosa intenso para combinar con vestido de corsé negro y plateado sin tirantes con falda de tul para mí, y un vestido de lentejuelas verde azulado largo hasta el suelo para Lucy. Parecíamos directamente salidas de un anuario de la escuela secundaria.

—Guau —dije, moviendo mi falda de un lado a otro—. Siempre me encantó este vestido.

—Sí, guau —repitió Lucy.

—¿Debo ir a encontrarme con mi cliente ahora mismo? —Me reí.

Se tocó la barbilla.

—Mmm., todavía no. Falta algo… —Hizo una pausa y un brillo travieso parpadeó en sus ojos—. ¡Es hora de maquillarse!

—Lucy, en serio, tengo que deshacer las maletas —Gemí, mirando la cara de puchero que hizo—. No puedo pasar toda la noche como en la universidad. Necesito mi sueño reparador.

—Sólo un poco de brillo —suplicó, apretando sus manos frente a su pecho—. ¿Un poco de brillo, Han? Eso es todo lo que pido.

Sabía que estaba postergando la preparación para su cita (ninguna de las dos había tenido suerte en el amor recientemente). Era muy tentador posponer las cosas con ella…

—Lucy —Me quejé, rebotando sobre mis talones.

—¿Por favor? —preguntó, sabiendo muy bien que nunca podría decirle que no. Quiero decir, ¿cómo se suponía que iba a rechazar jugar a maquillaje en lugar de sacar cosas de interminables cajas? El maquillaje era bonito, colorido y divertido. Las cajas eran marrones y, bueno, poco más.

Estiré mi meñique hacia Lucy.

—Solo un poco de brillo.

Ella entrelazó su meñique con el mío.

—De acuerdo.

—Está bien, entonces —cedí, por segunda vez esa noche.

Ella chilló y salió disparada de mi habitación, regresando un minuto después con un montón de maquillaje.

Me crucé de brazos.

—¿A eso llamas un poco de brillo?

—Oh, dame el gusto —Dejó su alijo de maquillaje en mi escritorio, que me había llevado dos horas limpiar y organizar. Mi escritorio era donde debería estar mi ordenador portátil del trabajo, no una sombra de ojos azul y una colección de brillo de labios—. Además, esto es lo que yo llamo la mitad de un poco de brillo.

Salió corriendo de la habitación antes de que pudiera detenerla y regresó con más maquillaje. Quince minutos después, nos reíamos con tanta fuerza que apenas podíamos respirar. Mientras yo estaba sentada en mi escritorio, vi a Lucy pasar por encima de una caja y admirarse en el espejo de cuerpo entero.

La había maquillado de la misma manera en que lo había hecho la noche de nuestro baile de graduación: delineador de ojos demasiado espeso, bronceador demasiado marrón, brillo de labios demasiado rosado y una estrella de diamantes de imitación en la mejilla que en su momento parecía lo más.

—¿Te vas a quitar todo esto antes de tu cita? —pregunté sosteniendo mi estómago, que me dolía de tanto reír.

Ella se volvió hacia mí con el ceño fruncido.

—Por supuesto que no.

Me reí y empujé mi silla hacia atrás. Chocó con una pila de cajas descuidadas que aún tenía que vaciar. ¡Ups! Era hora de volver a la tarea en cuestión. Ay.

—¿A dónde crees que vas? —preguntó, agarrando la pata de mi silla y arrastrándome hacia atrás.

—A terminar de instalarme...

Ella sacudió su cabeza.

—No sin tu maquillaje y un corazón de diamantes de imitación.

Levanté las manos y me reí.

—¿Por qué necesito un diamante de imitación para vaciar cajas?

—No voy a dignificar una pregunta tan tonta con una respuesta, Hannah Rose Griffin —Refunfuñó, sosteniendo mi barbilla mientras pegaba un diamante de imitación en mi pómulo.

—Pensé que tenías una cita en breve —dije, tratando de mirarme en el espejo, pero ella mantuvo mi barbilla quieta.

—Voy a tenerla —Ella sonrió, mirando hacia abajo a dos opciones de sombras azules brillantes. Por supuesto que eligió la más brillante de las dos. Esa era Lucy.

—Cierra los ojos —dijo, antes de sumergir un pincel en la sombra de ojos azul—. ¿Recuerdas en la secundaria que casi te toca ir al baile de graduación con Blake? ¡Qué asco!

—Sí, lo recuerdo —Cerré los ojos según las instrucciones, pensando en cómo había estado enamorada del hermano mayor de Lucy prácticamente todo el tiempo de nuestra juventud. Blake se burlaba de nosotras sin parar y me encantaba cada minuto. Se había burlado de nosotras por jugar con muñecas mientras leía lo que él llamaba literatura seria como «Hardy Boys» y «Pesadillas».

Cuando estábamos todos en la escuela secundaria, Blake también se había burlado de nosotras por pasar las tardes vagando por el centro comercial mientras él hacía una pasantía en el bufete de abogados de su padre. Incluso de adultos (utilizando el término de forma vaga ya que llevábamos vestidos de promoción a los veintiséis), Blake se había burlado de nosotras por mantener conversaciones dominadas por chismes de reality shows mientras él leía las últimas revistas de negocios. Bueno, en realidad habían pasado unos cinco años desde la última vez que lo vi. Pero incluso tras el rechazo del baile de graduación, mi pulso aún se aceleraba cuando él estaba cerca de mí. Gracias a Dios que se había ido a la facultad de derecho de Boston y había conseguido un trabajo allí, o todavía estaría enamorada de él.

—¿Tan terrible habría sido ir al baile de graduación con mi hermano? —Lucy preguntó, negando con la cabeza—. Mejor que ir sola, eso es cierto, porque al menos habrías tenido a alguien con quien bailar. A pesar de que... probablemente te hubiera hecho bailar el vals a ritmo de Britney Spears. Qué friki.

—No estaba tan mal —dije, mientras ella pasaba más azul de lo necesario por mi párpado, lo que me trajo de regreso a cuando ella había hecho el mismo trabajo de maquillaje en la noche de graduación. Mi novio de la secundaria, Tommy Miller, había sido el capitán del equipo de lacrosse, el chico más popular de nuestra clase, súper guapo y divertido. Él era la envidia de todos los chicos y yo la envidia de todas las chicas porque él estaba saliendo conmigo. Pero incluso tener un novio envidiable en secundaria no me importaba en aquel momento: mi corazón se había enamorado en secreto de Blake.

—Durante las canciones de baile lento, Blake te hubiera provocado sueño explicándote por qué las decoraciones de París no eran históricamente precisas para la época —dijo Lucy, riendo—. Abre.

Abrí mis ojos.

—Vaya, demasiado azul —Observé.

—Ciérralos —dijo, cepillándome un poco más los párpados—. Blake habría insistido en que no bebieras ponche, advirtiéndote de los peligros de un exceso de jarabe de maíz con alto contenido en fructosa.

—Qué exagerada —dije, aunque no demasiado. Él había estado totalmente interesado en la nutrición y la salud, siempre investigando cualquier cosa como buen ratón de biblioteca que era.

—En serio, Hannah, tuviste suerte con lo que pasó —Lucy presionó un diamante de imitación más con forma de estrella en el rabillo de mi ojo, como lo había hecho la noche de graduación.

—Mmm. ¿Lucy? —dije, mi voz temblaba un poco por lo que estaba a punto de admitir.

Cuando Tommy no resevó para cenar como había prometido, porque «eh, tía, tengo que jugar a lacrosse», rompí con él y decidí ir al baile de graduación sola. Pero Lucy insistió en que no sería tan divertido como tener una cita y me dijo que Blake, que para entonces estaba en su segundo año en Stanford, se había enterado de mi situación (por Lucy) y se había ofrecido a volver a casa el fin de semana para llévame al baile de graduación. Mi corazón se había desmayado y mis sueños se habían hecho realidad. Pero entonces... desastre.

—¿Qué pasa, Han? —Lucy preguntó, devolviéndome al presente.

—Tú y yo somos mejores amigas, ¿verdad?

—Por supuesto —dijo, sujetando un mechón rizado de mi cabello oscuro.

Mordí mi labio, sintiéndome culpable por lo que nunca le había dicho.

—Y no deberíamos tener ningún secreto entre nosotras, ¿verdad?

—Ninguno.

Respiré profundamente.

—Bien entonces. Te voy a contar algo que nunca te había dicho antes.

Su atención se centró en ajustar mi cabello frente al espejo mientras murmuraba:

—Está bien.

—Así que, en cierto modo, en cierto modo...

—¿Si?

Suspiré.

—Estaba colada por Blake en la escuela secundaria.

Lucy de repente tiró del mechón de cabello que había estado sujetando, haciéndome gritar. Me froté el cuero cabelludo y me quejé ante el reflejo de mi amiga en el espejo.

—Supongo que la verdad duele.

Se llevó una mano a la boca.

—Lo siento. Súper lo siento. Pero, ¿en serio acabas de decir que te gustaba mi hermano?

Suspiré.

—Bastante.

—¿Por qué demonios estarías enamorada de él?

—No lo sé... —Tenía una respuesta simple, pero me provocaba todo tipo de sentimientos complicados. Mi enamoramiento había culminado después de la forma en que me miró la noche de nuestro baile de graduación. Llegué a lo alto de las escaleras, sintiéndome nerviosa y emocionada con mi vestido. Blake estaba al pie de las escaleras, esperándome. Pensé que era muy dulce de su parte ofrecerse a llevarme a mi baile de graduación. Llevaba un esmoquin y estaba más guapo de lo que pensé que era posible.

Mientras bajaba las escaleras, nuestros ojos se encontraron y algo en la forma en que me miró en ese momento derritió mi corazón por completo. Seguidamente se acercó, tomó mi mano y me perdí por completo en él. Explicación simple sobre cómo mi enamoramiento se había cimentado dentro de mí.

Pero luego, al instante siguiente, Tommy llamó a la puerta pidiendo perdón e insistiendo en que me había preparado una cena solo para compensar el no haber hecho una reserva para cenar. Agarró mis manos como si fueran un palo de lacrosse y me suplicó que fuera al baile de graduación con él.

En el mismo momento en que abrí la boca para decirle que no y decirle que iría al baile de graduación con Blake, Blake me interrumpió y dijo:

—Deberías ir con Tommy, Hannah.

—¿Qué? —pregunté, mi estómago dando vueltas. Lo miré y descubrí que la mirada que me había hipnotizado antes había desaparecido de sus ojos.

—El baile de graduación es para los chicos de secundaria —dijo, encogiéndose de hombros y dando un paso atrás—. Y no soy un niño.

Mi boca se abrió.

—Blake...

—Por favor, Hannah —dijo Tommy, cayendo de rodillas—. Por favor, tía.

Miré a Blake, pero estaba retrocediendo.

—Mmm., sí —dije, sintiéndome mareada y confundida—. Está bien, supongo que iré contigo. ¿Trajiste, eh, trajiste un ramillete o...?

—Oh, tío —dijo Tommy, golpeándose la frente—. He estado cocinando todo el día y lo olvidé.

Blake dio un paso adelante con un ramillete en la palma. Era el ramillete más hermoso que había visto en mi vida con rosas blancas pequeñas. Se me llenaron los ojos de lágrimas.

—Hermano, ¡eres un salvavidas! —Tommy se puso en pie de un salto y le arrebató el ramillete a Blake.

Mantuve mi mirada en Blake mientras Tommy sujetaba el ramillete a mi vestido hasta que me pinchó. Grité, me volví hacia él y le advertí que tuviera más cuidado. Cuando miré hacia arriba, Blake se había ido.

Así fue como se arruinó mi baile de graduación. Estaba tan emocionada de ir a ese baile único en la vida con Blake, pero él solo me había visto como una chica de secundaria. La forma en que pensé que me había mirado mientras bajaba las escaleras debió ser mi imaginación. Para él, yo era solo la amiga de su hermana pequeña a la que le estaba haciendo un favor y eso era todo.

Recordé llorar hasta quedarme dormida esa noche.

No ayudó que la comida de Tommy, que lo que había «esclavizado todo el día», fuera una mezcla de macarrones con queso y salchichas. Tommy tampoco había querido bailar en el baile de graduación. Mientras tocaba el ramillete y acariciaba sus delicados pétalos a la par que miraba a otros en la pista de baile, me imaginé a Blake bailando conmigo. Evidentemente, una fantasía total.

—No importa —dije finalmente, restándole importancia a la mirada de Lucy de ojos abiertos con un gesto de mi mano—. Fue un enamoramiento tonto. Lo recordé porque nos vestimos con nuestros vestidos de graduación, así que pensé que sería divertido contártelo.

La risa de Lucy sonó tensa.

—Tienes razón, Hannah —dijo, sacudiendo la cabeza—. Porque estar enamorado de Blake, de mi hermano Blake, definitivamente es digno de reír.

—Totalmente superado ahora —Me miré en el espejo, parada allí con mi vestido de graduación e imaginé a mi yo de dieciocho años, que se había enamorado de Blake. Era una verdad que había mantenido escondida en mi corazón, así que me alegré de habérselo dicho finalmente a Lucy a pesar de que su reacción fue mucho mejor de lo que esperaba. Quiero decir, al menos no se había desmayado—. Sí, lo superé por completo —repetí, más para convencerme a mí misma que para convencerla.

—¿Has superado totalmente qué? —preguntó en voz baja una familiar voz masculina, enviando escalofríos por mis brazos.

Me di la vuelta y el movimiento tiró de mi cabello ya que el peine de Lucy todavía estaba allí. Ay. Llevé una mano a mi cuero cabelludo palpitante mientras parpadeaba, incapaz de creer lo que estaba viendo. O, mejor dicho, a quien veía parado en la puerta de mi habitación: Blake Remington, después de todos aquellos años.

Blake tampoco era el mismo chico nerd de cabello lacio al pie de las escaleras de hace todos esos años. Su cabello corto, castaño claro, estaba peinado hacia atrás y con algunos mechones cayendo sobre su frente. Estaba más erguido y tal vez incluso más alto que el chico universitario que se había agarrado a la barandilla mientras me miraba en lo alto de las escaleras. Sus hombros eran más anchos y los músculos a lo largo de sus brazos por entonces delgados ahora estaban bien definidos incluso a través de su camisa blanca abotonada.

Se apoyó en el marco de la puerta de mi habitación, sosteniendo una chaqueta de traje colgada del hombro, con una mirada de confianza que no había visto en los días en que solía encerrarse en el estudio de su padre para leer toda la tarde. Estaba casi convencido de que este hombre (énfasis en la palabra hombre) era una persona completamente diferente. Pero luego nuestros ojos se encontraron y se mantuvieron

Una chispa golpeó mi vientre, haciéndome tragar saliva.

Blake podría haber crecido desde la última vez que lo vi hace más de cinco años, pero los ojos café expreso que siempre estaban llenos de amabilidad y constante tranquilidad no habían cambiado. Y tampoco la forma en que esos ojos me hicieron sentir cuando me miró.

De repente, me sentí como si estuviera en lo alto de esas

escaleras y mis sentimientos por Blake me inundaron de nuevo como si tuviera dieciocho años. Me sonrió, haciéndome sentir que no importaba lo que me pusiera o dónde comprara mi ropa o si sabía o no comer caviar. Yo era solo yo misma y esos ojos marrones parecían decirme que era perfecta de esa manera.

—La pequeña Hannah Griffin —dijo Blake, sonriendo—. No puedo creerlo.

Antes de que pudiera pronunciar una sola palabra, pasó por encima de mis cajas aún sin vaciar, me rodeó con sus brazos y me dio un abrazo. Mi ritmo cardíaco se aceleró cuando inhalé su colonia. Y sentí su pecho sólido como una roca y sus firmes bíceps. Oh guau.

—Mmm., hola, Blake. ¿Qué estás haciendo aquí? —Me las arreglé para preguntar mientras él se apartaba, todavía sonriéndome, antes de darle también a su hermana un abrazo rápido.

—Yo también me alegro de verte, Griffin —dijo, riendo.

Mis mejillas se calentaron.

—Oh, no quise...

—No importa —Me dio unas palmaditas en el brazo con la palma de la mano, que parecía mucho más grande que hace cinco años—. Disculpa por interrumpir. Sólo vine a tomar algunas medidas —dijo.

Mis cejas se levantaron.

—¿Medidas?

—Sí, de los sofás y demás, así sé cómo decorar lo mío.

Incliné mi cabeza.

—¿Lo tuyo?

Blake miró de mí a Lucy y luego se volvió hacia mí de nuevo.

—¿Lucy no te lo dijo? —preguntó, la esquina de su boca se curvó hacia arriba.

Metí la barbilla.

—¿Decirme qué?

—Ups —Lucy sonrió tímidamente cuando la miré antes de volver mi atención a Blake—. Supongo que lo olvidé.

—¿Olvidaste qué exactamente? —pregunté.

—Nuestros padres quieren que vivamos cerca de ellos, así que le compraron esta casa a Lucy —dijo Blake, dando golpecitos con el dedo del pie en el suelo de mi habitación, antes de señalar la puerta abierta—. Y como acabo de empezar a trabajar en el bufete de abogados de mi padre aquí en el centro de Sac, me compraron la casa idéntica de al lado.

Parpadeé rápidamente mientras asimilaba sus palabras.

—Estás... Yo... Somos...

—Vecinos —Blake terminó mi oración por mí.

—Vas a vivir en la puerta de al lado —le dije, mi cuerpo se entumeció.

Es de conocimiento común que la mejor cura para un enamoramiento es la distancia, mucha, mucha distancia. ¿Te gusta un chico y él vive aquí en Sac? Múdate a Alabama. ¿Crees que tu compañero de trabajo es guapo? Deja tu trabajo. ¿No puedes dejar de pensar en el hermano mayor de tu mejor amiga? Evita verlo durante cinco años y mantente alejada de las redes sociales.

Me estaba yendo bien. Apenas pensaba en Blake la mayoría de los días. Está bien, apenas era un poco exagerado, pero bueno. En mi mente, había sido el mismo desgarbado nerd de los libros que se burlaba de nosotras cuando éramos niñas. Ahora era aquel abogado calmado y afable, ¿quién era ahora mi vecino de al lado? Aquello era todo lo contrario a mantener la distancia. No estaba bien. No estaba bien.

—¿No es una gran noticia? —preguntó Blake, rodeando con un brazo el hombro de Lucy y con el otro brazo alrededor del mío—. Como en los viejos tiempos.

Lo miré y forcé una sonrisa inestable.

—Hurra...

Me apretó contra su tonificado cuerpo y le di un puñetazo a medias en el pecho, sabiendo que no tenía ninguna posibilidad de ignorar a mi enamorado con él viviendo al lado mío. Eché un vistazo a mi vestido y zapatos anticuados. Oh, sí, «me encantaba» deshacer las maletas.

CAPÍTULO DOS

—¡Oh no! —Lucy estaba en mi habitación junto a su hermano, mirando su teléfono móvil y golpeándose la frente con la palma de la mano—. Llego tarde a mi cita. Me tengo que ir.

—No iras a llevar eso para cenar, ¿verdad? —pregunté, mirando las lentejuelas verde azulado a lo largo de su falda mientras se soltaba de debajo del brazo de Blake.

—¿Por qué no? —preguntó, encogiéndose de hombros.

—Porque llevas un vestido de graduación —dije, notando con cada célula de mi cuerpo que el brazo de Blake todavía estaba alrededor de mí desde su saludo inicial.

—¡Oh bien! —Lucy se encogió de hombros y me pellizcó las mejillas antes de alejarse—. Divertíos poniéndoos al día —gritó desde lo alto de las escaleras. Unos segundos más tarde, escuché la puerta principal cerrarse de golpe.

—Va a tener una cita con ese vestido de graduación —dije, maravillándome al pensar en la expresión del chico cuando la mirara por primera vez. Entonces me di cuenta de que estaba sola con Blake y llevaba mi vestido de graduación. Miré hacia arriba para ver la expresión de su rostro.

Sus ojos marrones me miraron, haciendo que mi vientre se volteara un poco.

—Entonces, ¿cómo te ha ido todos estos años, Griffin?

Aspiré el aroma de su colonia de nuevo, algo que me hizo sentir mareada. O tal vez era porque su brazo me rodeaba. ¿Se dio cuenta de que todavía me sostenía en un abrazo lateral? ¿O lo había olvidado? Porque cada centímetro de mí se daba cuenta y comencé a sentirme mareada.

—Mmm., sí, he estado bien —respondí, alejándome de él y poniendo una distancia muy necesaria entre nosotros —. Trabajo en el centro, en Haskell & Haskell. Haciendo cosas de adultos —dije, queriendo sacudir la cabeza por lo tonto que sonaba.

—Haskell & Haskell —dijo, dejando escapar un silbido —. Vaya, mírate.

—¿Y tú qué tal? —pregunté, ocupándome de doblar una manta hasta que me di cuenta de que ya estaba doblada. Oh. Vaya. Embarazoso.

Blake se apoyó contra la pared, cruzando un pie sobre el otro.

—Aprobé derecho. Trabajé en un despacho en la costa este durante algunos años. Ahora estoy practicando en la firma de mi viejo —dijo, manteniendo su mirada en la mía mientras la comisura de su boca se levantaba—. Desde luego que has crecido.

—Tú también —dije, mirando sus ojos, que parecían estar evaluándome un poco más. ¿Qué estaba mirando...?

Eché un vistazo a mi corpiño de corsé sin tirantes, mi falda de tul negro y mis zapatillas rosa. Mi rostro de repente se acaloró. ¿Cómo había olvidado que estaba usando mi vestido de graduación?

Blake debió pensar que yo parecía una niña jugando a vestirme a su lado con su traje azul perfectamente entallado, impecablemente abotonado y zapatos marrones relucientes. Quiero decir, él parecía de revista mientras que yo parecía una joven Cenicienta en Disneyland. Mis rizos probablemente parecían inflamables, apilados en la parte superior de mi cabeza con una cantidad de spray para el cabello que penetraba el ozono.

Ah, y no olvidemos la sombra de ojos azul con la que Lucy se volvió loca. Si me preocupaba que Blake me hubiera visto como una niña en el pasado, definitivamente debería estar más preocupada ahora.

—Ha sido agradable ponerme al día, pero estaba a punto de continuar desembalando —dije, tratando en vano de suavizar la enorme cantidad de rizos que Lucy había sujetado en mi cabello. Señalé las cajas para justificar mi decisión. ¿Por qué estaba siendo todo tan incómodo? Quizás eran los diamantes de imitación. Traté de despegarlos de mi cara mientras Blake se reía bajito.

—No voy a preguntar lo qué habéis estado haciendo —dijo, sonriendo.

—Pues... sí —dije, renunciando a los diamantes de imitación. ¿Pero qué tipo de pegamento había añadido Lucy? Negué con la cabeza. Mis mejillas estaban calientes y seguramente enrojecidas. Los escondí de Blake metiendo la mano en una caja medio vacía—. Será mejor que vuelva a deshacer las maletas o nunca terminaré. Lo siento, tengo poco tiempo y necesito terminar lo antes posible...

—Te ayudaré entonces —dijo, dando un paso hacia mí.

—¡Oh no! —Me di la vuelta con las palmas hacia arriba y accidentalmente puse mis manos sobre el pecho de Blake. ¿Siempre había tenido pectorales tan fuertes? Retiré mis manos después de darme cuenta de que lo estaba tocando —. Voy bien —insistí, forzando una risa incómoda—. Estoy segura de que tienes mejores cosas que hacer antes que ayudarme.

—No lo sé —dijo, riendo de nuevo—. No todos los días puedo colgar ropa con la reina del baile.

Totalmente sonrojada en aquel momento, recordé a Tommy bajándome del escenario en la explosión de confeti y plantando un beso húmedo en mis labios mientras la multitud de estudiantes vitoreaba. Recordé el momento que habría sido perfecto si hubiera sido un par de brazos diferente sosteniéndome, un par de labios diferente presionado contra los míos.

Tuve que sacar a Blake de mi habitación antes de que se diera cuenta de cómo mis mejillas se enrojecieron, mi respiración se aceleró, mi boca tembló cuando él se acercó y metió la mano en una caja. Entonces, agarré la camiseta blanca que había sacado de la caja y me ocupé de volver a doblarla con dedos torpes.

—De verdad que me las arreglo sola —dije, con la voz al borde—. Estoy segura de que tienes que trabajar.

—Desembalar es un trabajo —La mano de Blake rozó la mía cuando ambos nos giramos al mismo tiempo para alcanzar la caja. Un hormigueo se extendió por mi piel al sentir su piel cálida. Tragué. Levanté la caja y la moví al otro lado de la habitación, lo más lejos posible de Blake en el repentino espacio reducido. ¿Cómo hacía tanto calor allí cuando el aire acondicionado estaba tan alto?

—Pero tienes mejores cosas que hacer. Estoy segura de que el campo de golf está abierto.

—Ya ha oscurecido, Griffin.

—Oh, tal vez esté abierto mañana —dije, dándome cuenta de que eso no apoyaba exactamente mi intención de que se marchara. Mientras me estiraba para poner una bufanda y un par de guantes a juego en el estante superior de mi armario, pero sin llegar al estante superior, Blake apareció a mi lado, tomando los artículos y colocándolos fácilmente en el estante. Me volví para encontrarlo sonriéndome. Mi barriga hizo una voltereta lateral. Aquello no estaba bien, Hannah. Nada bien. Agachándome bajo su brazo, me moví hacia el maquillaje desperdigado sobre el escritorio—. ¿Seguro que debe haber un periódico que quieras leer?

—Ya leí el periódico hoy —Se inclinó a mi lado y, mientras recogía algunos envases de rímel, dejé caer todo el maquillaje y me apresuré a recogerlo del suelo.

Mi corazón se aceleró.

—¿Un podcast para escuchar?

—Prefiero escucharte —Él sonrió mientras yo lo miraba sorprendida. Sacudiendo la cabeza, entré en pánico y mi cerebro se sobrecalentó o algo porque empecé a sacar ropa de mi armario en lugar de sacarla de las cajas.

—Podrías aprender francés —le dije.

—J'adore ta robe —Se movió a mi lado y devolvió cada artículo que había sacado a su lugar apropiado en el cajón.

—Podrías hacer un rompecabezas.

—Tengo un rompecabezas aquí mismo —dijo y lo miré sonriendo mientras me miraba de pies a cabeza.

Puse una mano en mi cadera.

—¿Aprender a hacer malabares?

—Quizás más tarde.

—Llama a tus padres.

—Hablé con ellos antes de venir aquí.

—Lleva a Cassandra al cine —dije, recordando el nombre de su novia de mucho tiempo a quien Lucy había mencionado muchas veces a lo largo de los años.

Blake vaciló.

—Sí, acabo de romper con Cassandra.

Me quedé paralizada, mis rizos rociados de fijador cayeron hacia una caja de cartón. Blake había estado saliendo con Cassandra Bishop desde siempre. Todos asumían que se casarían pronto. Escuché de los padres de Lucy que Cassandra y Blake no podrían ser más perfectos el uno para el otro: la pareja más poderosa. Era rica, exitosa, respetable y muy guapa. O eso había oído.

Probablemente llevaba tacones de Christian Louboutin y sabía comer caviar.

Resistí el impulso de golpearme la cabeza contra el costado de la caja. Probablemente dolería menos que meterme las zapatillas rosas en la boca. Lentamente levanté la cabeza de la caja y mordí mi labio inferior.

—Blake, lo siento mucho. No sabía...

—No te preocupes por eso —dijo, sacudiendo la cabeza y metiendo las manos en los bolsillos—. No podrías haberlo sabido. De verdad, no pasa nada.

—Aun así... —Mi voz se fue apagando porque no sabía qué más decir.

Blake se movió para sentarse a un lado de mi cama. Se inclinó hacia adelante, apoyando los antebrazos en las rodillas y las manos entrelazadas. Tropecé con mi ropa dispersa y me senté a su lado, alejándome un poco cuando nuestras caderas se tocaron.

Me di cuenta con cierta decepción de que Blake probablemente solo había querido quedarse para desahogarse sobre su ruptura ya que su hermana tuvo que irse. No fue porque quisiera ayudarme a deshacer las maletas. Aún así, las rupturas eran difíciles y me sentí mal por él.

—¿Qué pasó? —Yo pregunté.

Levantó la cabeza y se encogió de hombros.

—Te propongo un trato.

—¿Qué tipo de trato?

—Dejas que te ayude a instalarte y, a cambio, te contaré mi historia de dolor. ¿De acuerdo? —Extendió su mano y vacilé. Se dio cuenta y retiró la mano—. No tienes que escuchar si no quieres. Solo pensé que...

—No, quiero —insistí, poniendo mi mano en la suya, lo que hizo que mi piel se calentara de inmediato. No podía decirle que había dudado porque tenía miedo de aquel momento exacto: el calor de su palma contra la mía. No quería que él viera cómo me afectaba, incluso después de todos esos años.

Rompí el apretón de manos tan pronto como pude sin ser grosera. Pero fue un esfuerzo en vano, porque Blake y yo nos levantamos de la cama al mismo tiempo y mi mano aterrizó sobre la suya. Me reí y me apresuré a revisar el maquillaje que había dejado caer mientras él comenzaba con una caja del suelo.

—Quizás esta caja no... —dijo.

Levanté la vista para ver sus mejillas rojas esta vez mientras inclinaba una caja hacia mí que estaba llena de mi ropa interior. ¡Ups! Corrí y le quité la caja.

—¿Puedes colgar esos ganchos allí? —pregunté.

—¿No quieres que organice tu diario? —dijo, señalando mi mesita de noche donde mi diario privado yacía desprevenido.

—Mmm., no —Forcé una carcajada mientras prácticamente me atragantaba, porque sabía cuántas veces su nombre había aparecido en ese diario a lo largo de los años.

—No eres divertida —dijo, moviéndose hacia la pared opuesta. Suspiré de alivio.

—Resulta que el consenso en mi oficina es que romper con Cassandra fue un gran error —dijo, deteniéndose para clavar rápidamente un gancho en la pared con un martillo —. Pero no fue solo este incidente lo que me hizo romper con ella. Me he sentido así durante mucho tiempo.

—¿Sí? —pregunté, ya que su familia nunca había mencionado ningún problema con la siempre perfecta Cassandra. ¿Eh?

—Pero tal vez tengan razón —respondió.

Me obligué a mirar los pinceles de maquillaje y no a Blake.

—Tú, Hannah Griffin, eres el voto decisivo.

Mi estómago dio un vuelco. Oh no. No, no, no.

—Sin presión —bromeó después de clavar el siguiente clavo en la pared.

—No, apenas —Me reí nerviosamente, preguntándome qué había hecho esta mujer para que rompiera con ella. Era el chico más agradable del mundo. Ella obviamente la había fastidiado con algo, a lo grande—. Está bien, dime.

—Pues, todo comenzó con una gala benéfica de etiqueta. Cassandra y yo asistimos como parte de un grupo local —dijo, apretando el martillo en su mano—. Lo pasamos bien, bebiendo champán y comiendo caviar bajo candelabros de oro.

¡Caviar! Lo sabía. La elegante ex novia de Blake no solo podía soportar ver el caviar, sino que se había comido los huevos de pescado (y probablemente le gustaban). La mujer muy probablemente podría conseguir a mi cliente solo por el conocimiento de la delicadeza. Esa era la vida de lujo que imaginé que Blake tenía: toda sofisticación, riqueza y respetabilidad. Exactamente lo contrario al tul barato y la pedrería. Intenté de nuevo despegar la piedra brillante del rabillo del ojo.

—Bueno, cuando terminó la noche —dijo, rompiendo una caja vacía con un poco más de esfuerzo del necesario —. Me sentí incitado a hacer más por la organización benéfica, ¿sabes?

—Por supuesto —Asentí, sin tener idea de lo que quería decir.

—Quería ensuciarme las manos por una vez en lugar de simplemente abrir mi billetera como de costumbre.

—Ah, sí —Aquello tenía sentido.

—Entonces, le sugerí a Cassandra que nos ofreciéramos como voluntarios para la limpieza de la comunidad que el grupo estaba llevando a cabo en el río.

—Qué buena idea.

—Cassandra insistió en que estaba ocupada, incluso antes de que le diera la fecha. Y cuando le sugerí otra fecha, volvió a decir que no sin ni tan siquiera consultar su calendario —Pisoteó la creciente pila de cajas de cartón, aplanándolas—. Y supe que ella diría que no como lo hizo, incluso antes de que le preguntara. Simplemente lo sabía.

—Lo siento —dije, mi corazón se compadeció de él.

Vació una caja llena que contenía más vaqueros (ninguno de ellos era el de diseñador que seguramente usaba Cassandra), solo para aplanar la caja entre sus musculosos brazos en un movimiento rápido. Madre mía, tenía músculos. Odiaba admitirlo, pero deshacer las maletas era mucho más rápido con él ayudando.

—Me di cuenta de que a Cassandra no le importaba asistir a una gala con un vestido negro caro. Pero ella no podría usar un vestido bonito para limpiar el río, porque no vale la pena para ella —dijo, exhalando un largo suspiro—. Ese es el tipo de persona que es. Sin embargo, todo el mundo en el trabajo dice que debería aceptarla porque juntos somos «perfectos». Pero tal vez estoy cansado de ser una imagen perfecta sin nada más profundo, ¿sabes?

—Creo que sí —dije, sin querer comprometerme por completo con su ruptura en caso de que volvieran a estar juntos. La idea de ver a Blake y su elegante novia ir y venir, viviendo en la casa de al lado, hizo que se me formara un nudo en el estómago.

Blake levantó un solo par de calcetines blancos.

—¿Dónde quieres estos?

Señalé el cajón superior de mi armario y él lo abrió, metió los calcetines y lo cerró sin hacer ruido. Se volvió hacia mí.

—Entonces, ¿estoy loco? —preguntó.

Me eché a reír ante la pregunta. Él arqueó una ceja.

—¿Pero tú ves cómo estoy vestida ahora mismo, Blake?

—Me reí, pasando mis manos por mi vestido de graduación y mis zapatillas rosa—.¿Me preguntas si estás loco?

Él sonrió y luego se rió, sacudiendo la cabeza.

—Tal vez simplemente me precipité con Cassandra —dijo, sacando un volante azul de su bolsillo y entregándomelo—. Además, pagué mucho dinero por las entradas para esto.

Desplegué el folleto: Torneo benéfico de golf para parejas en el Arbor Grove Country Club. Silbé. Todo el mundo en Sacramento había oído hablar de ese torneo, que inundaba las noticias cada año. Todos sabían lo exclusivo (y lo caro) que era participar.

Los padres de Cassandra organizaban el torneo de golf benéfico cada año junto con una lista de patrocinadores. Hojeé la lista de nombres y me quedé boquiabierta cuando vi a Ray Livingston, el millonario diseñador de modas y cliente que estaba tratando de conseguir. ¿Qué..?

Mi cerebro se activó cuando me di cuenta de la fantástica impresión que le haría si me presentaba en el torneo. Sabía que podría convencerlo de que firmara con Haskell & Haskell si me daba la oportunidad de hacer mi lanzamiento. Definitivamente me daría esa oportunidad si apareciera en el evento del año. Las ruedas de mi mente daban vueltas cuando me di cuenta de que Blake estaba diciendo algo.

—¿Eh? —dije.

—¿Qué piensas? —preguntó.

Levanté la vista del folleto para encontrar a Blake mirándome, sus ojos marrones suaves a la luz del atardecer.

—¿Qué pienso sobre qué? —pregunté.

Dio unos golpecitos en el folleto que tenía en la mano.

—¿Debería darle a Cassandra otra oportunidad y llevarla al torneo?

Lo miré y supe que estaba a punto de cometer un gran error, quizás el mayor error de mi vida. En serio, debería haber deshecho las maletas y haberme ido a dormir.

En cambio, me mordí el labio inferior y sonreí.

—¿O podrías llevarme a mí?

CAPÍTULO TRES

Un hombre vestido con un traje negro se apresuraba por la acera del centro con un maletín de cuero, se volvió para cruzar la calle y luego miró la nuca de Lucy cuando se detuvo en seco en medio del paso de peatones. Levantó los brazos e hizo un comentario grosero.

—¡Lo siento! —Saludé al hombre mientras agarraba la mano de Lucy y la ponía a salvo a la vez que la mano roja parpadeaba enfadada y el hombre (y muchos otros en traje de negocios) se desviaba a nuestro alrededor. Me di la vuelta para seguir caminando cuando Lucy me detuvo.

—Espera, espera, espera —dijo, sacudiendo la cabeza en la concurrida esquina de la calle—. Déjame entenderlo.

—Pasos —le dije, señalando sus piernas con la cabeza. Verifiqué la hora en mi teléfono móvil mientras marchaba. Solo teníamos treinta minutos de mi hora del almuerzo. No podíamos perder un solo momento—. Habla y camina. Tenemos que dar pasos.

—Vale —acordó Lucy, uniéndose a mí mientras marchaba por el lugar.

Recibimos más que unas pocas cejas levantadas y comentarios susurrados en voz baja, pero, oye, los pasos son difíciles de dar cuando estás sentado en un escritorio todo el día. Nos empujó un poco la gente que se apresuraba a volver a la oficina después del almuerzo.

Lucy siguió marchando y levantó un dedo mientras la gente pasaba entre nosotras.

—Uno, nunca antes has jugado golf en toda tu vida.

Asentí.

—Cierto.

Ella levantó otro dedo.

—Dos, ¿accediste a participar en el mayor torneo de golf del año en Sacramento con Blake, donde cientos de personas pueden verte hacer el ridículo?

—Correcto —Levanté las rodillas hacia arriba, hacia abajo, hacia arriba, hacia abajo. Eché un vistazo al contador de mis pasos y vi que mis pasos aumentaban, lenta y constantemente. Vamos.

—¡Guau! —Lucy saltó hacia atrás para esquivar un cochecito (saltar definitivamente debería contar como cinco pasos) y tropecé cuando un chico universitario se volvió, casi golpeando con su mochila mi cabeza. Pero volví a marchar, de nuevo a esos pasos, nena. Diez mil, allá voy.

Lucy levantó un tercer dedo en el aire por encima de la multitud.

—Tres, definitivamente no estás haciendo esto porque todavía estás enamorada de Blake. ¿Verdad?

Mi cerebro voló inmediatamente a las últimas mañanas al salir casa para ir a trabajar. Blake se iba al mismo tiempo que yo, lo cual no era mi culpa ya que yo siempre salía por la puerta primero. Pero siempre me saludaba con la mano y hubiera sido de mala educación no detenerme y hablar con él, ¿verdad?

¿Y podrían culparme de que él y yo compráramos nuestros cafés matutinos de Courtney Carmichael, una ex abogada que se había agotado de su trabajo tras trabajar veinticuatro siete durante décadas con solo un divorcio y una casa grande en el vecindario Fabulous Forties para lucirla? El carrito de café de Courtney era su «rehacer» de la vida y alegraba mis mañanas con sus blusas brillantes, su actitud optimista y los pedacitos de sabiduría que repartía con sus macchiatos de caramelo.

Entonces, ciertamente no significaba que todavía estuviera enamorada de Blake si caminaba con él hasta el carrito de café de Courtney, ¿verdad? Me agaché y me abrí paso entre la gente que se apresuraba para cruzar con el semáforo en verde y luego aparecí frente a Lucy. La arrastré detrás de mí.

—No estoy enamorada de Blake —dije, sabiendo que seguiría otra calle de sentido único hacia la decepción si lo hacía. ¿Quería revivir la noche de graduación? No, no quería.

—Espero que lo tengas claro porque estoy segura de que él y Cassandra volverán a estar juntos. Son la pareja perfecta —Ella vino tropezando mientras yo revisaba nuestros pasos nuevamente. Nos estábamos quedando sin tiempo, así que la arrastré y aceleré el paso. Mientras nos desviamos entre la gente, ella trotó a mi lado, tomando aliento.

—Como te dije —le dije, mirándola—, el torneo benéfico de parejas es la mejor oportunidad que tendré de impresionar a ese potencial cliente. Era mi única oportunidad y no podía perderla. En esencia, mi jugada no tiene nada que ver con Blake.

Solo decir su nombre hizo que mi corazón diera un vuelco. Me lo guardaría para mí.

Una farola apareció en mi visión mientras caminaba. Lucy y yo dimos la vuelta a un lado diferente de la farola y nos volvimos a encontrar solo para tener que dividirnos nuevamente por un puesto de perritos calientes.

—Hannah —Lucy jadeó. Fue su turno de arrastrarme mientras yo miraba con nostalgia los perritos calientes—. No necesitas un evento elegante para impresionar a ese cliente. Solo sé tú misma.

Me volví hacia Lucy, quien claramente no entendía mi situación.

—Le dejé mi décimo mensaje esta mañana Lucy y, ¿adivina qué? —Saqué mi teléfono para mostrarle la pantalla sin mensajes de voz—. Sorpresa, sorpresa... nada.

Al notar que todavía íbamos retrasadas en nuestros pasos, aceleré el paso.

—Está bien, pero no sabes jugar al golf —dijo, apresurándose para seguir el ritmo—. Necesitarás lecciones para incluso pasar por algo decente.

—Lo sé —dije, sintiendo mis mejillas enrojecer.

—Oye —dijo, trotando para mantener el ritmo después de que me deslizara entre una pequeña multitud para doblar la esquina—. Podría darte lecciones este fin de semana. Estoy bastante segura de que mi padre ya nos tenía a Blake y a mí jugando al golf antes de que saliéramos del hospital.

—En realidad, ya tengo algunas clases programadas —dije, queriendo cambiar de tema de inmediato—. Entonces,

¿cuéntame sobre tu cita de la otra noche —Le di un codazo en el costado y le guiñé un ojo—. ¿Estaba tan enamorado de tu vestido de graduación como Rob Ellison en la escuela secundaria?

Ella descartó mi pregunta con un gesto de la mano y un suspiro.

—Bah, no hay mucho que decir excepto que no habrá una segunda cita —dijo.

Eso era típico de Lucy: nunca nadie le interesó lo suficiente como para una segunda cita. Muchas primeras citas. Pero reservaba sus segundas para pasteles de chocolate y tiramisús, no hombres que siempre parecían decepcionarla.

—Seguramente hay más que decir sobre la cita a parte de eso? —dije, haciendo un intento bastante velado de cambiar de tema, pero pensé que valía la pena intentarlo.

Lucy y yo marchábamos en el sitio mientras esperábamos que el semáforo se pusiera verde. Sus mejillas estaban un poco rojas por caminar bajo el sol brillante, así que esperaba que asumiera que esa era también la causa de mis mejillas rojas.

—No has dicho quién te va a dar clases. ¿Es alguien del club de campo? —Lucy preguntó por encima del toque de la bocina cuando el semáforo cambió—. ¿Tim? Tim es genial si es él.

Casi eché a correr cuando el hombrecito verde que caminaba apareció en el letrero. Mi primer intento de cambiar de tema fue claramente un fracaso.

—Mmm., no, Tim no —dije, mientras Lucy tiraba de mi brazo para frenarme—. Vaya, estamos tan cerca de nuestro objetivo. ¿Deberíamos correr? Corramos.

—No corramos —dijo Lucy, agarrándose el costado—. ¿Entonces tus lecciones son con Phil? Es una especie de sargento de instrucción, pero conoce su swing con seguridad.

—No, Phil no —dije, sacudiendo la cabeza y mirando al cielo sin nubes—. En realidad, no es con alguien que trabaja en el club de campo.

Ella frunció.

—¿Oh?

Pasamos por una zapatería y señalé hacia el escaparate.

—¿Deberíamos correr a comprar zapatos rápidamente? —pregunté, usando un tono súper emocionado—. Te encanta comprar zapatos...

Ella negó con la cabeza, aunque la pillé mirando por el escaparate mientras pasábamos.

—¿Por qué no me dices quién te está dando lecciones? —ella preguntó.

Actué como si no la hubiera escuchado en la ruidosa calle de la ciudad.

—Vi el folleto del torneo benéfico de parejas que realizó tu empresa. Parece que ha sido un éxito.

—Uf, Hannah, ni siquiera puedo decirte cuánto drama hubo en ese folleto —Lucy levantó las manos y en el proceso casi golpeó a una anciana a su lado. Me encogí cuando Lucy volvió la cabeza en mi dirección—. Pues, ¿sabes cómo me llegaron a asignar todos los materiales promocionales para el torneo benéfico de parejas, verdad?

—Sí —Asentí. En las últimas semanas se había debatido mucho acerca de ese mismo tema. Lucy era diseñadora gráfica y le habían otorgado la oportunidad de volver a imaginar el concepto de marca del torneo benéfico, que no había cambiado en más de dos décadas.

—Hannah... —Lucy se detuvo y me giró para mirarme cara a cara con una mano en cada uno de mis hombros. Sus ojos eran intensos mientras ella y yo marchamos en el sitio —. Sabes lo duro que trabajé en esos diseños para los folletos, carteles y todo, ¿verdad?

—Apenas te vi en un mes —le dije, mirándola. Nuestros pasos sufrieron seriamente.

—¡Exactamente! —Ella resopló y se volvió para marchar hacia adelante con frustración—. Trabajé duro y puse todo lo que tenía en ello. Estaba orgullosa del producto final, que era moderno y fresco, al mismo tiempo que hacia un guiño al diseño antiguo.

—¿Oh sí? —dije, levantando las cejas al recordar el folleto que Blake me había mostrado. ¿Una pareja de ancianos jugando golf y vistiendo viseras eran su idea de moderno y fresco? ¿De verdad? No iba a decir nada...

—Y cuando Blake me enseñó el folleto que recibió... ¡Pum! —Se llevó el puño al pecho—. Como una bala en el corazón. Vi que usaban el diseño antiguo.

Por eso el folleto no parecía moderno. O fresco.

Ella gimió.

—Trabajé todo ese tiempo y ni siquiera se adaptaron a mi diseño.

—Eso es terrible —Me detuve y no marché en el lugar esa vez. Los pasos eran importantes, pero nada era más importante que mi amistad con Lucy. La atraje a un abrazo —. Lo siento, cariño —dije, ignorando un gruñido de los transeúntes molestos de que estábamos bloqueando la acera. ¿No podían ver que estábamos teniendo un momento de mejores amigas?—. ¿Qué vas a hacer? —pregunté.

Ella se encogió de hombros.

—No sé qué hay que hacer en este momento. Todos los folletos están impresos, los carteles ya están en la ciudad y los medios de comunicación ya han enviado todos los diseños antiguos.

—¿Pero qué hay del arco principal del club? —Le pregunté, recordando que todos los años se comentaba en las noticias la entrada al torneo benéfico de parejas, que estaba marcada con un hermoso arco que siempre era todo un espectáculo. Y siempre era el mismo.

Lucy tamborileó con los dedos a lo largo de su barbilla.

—No sé cómo podría convencer a mi jefe para que me dejara hacer algo nuevo para el arco principal. Parece que esté contra mí.

Suspiré.

—No me tienes que contar nada...

Las dos contemplamos nuestros propios dilemas de trabajo, lo que obligó a la multitud a rodearnos cuando Lucy de repente me miró.

—Eso me recuerda... No me has dicho quién te está dando esas lecciones de golf.

Me sonrojé de nuevo. Esta vez definitivamente se dio cuenta.

—Hannah Griffin —dijo, señalándome con el dedo—. Dímelo ahora mismo.

—Está bien —dije, levantando mis palmas—. Pero no significa nada, ¿de acuerdo?

Vi amanecer en su rostro.

—Te está dando clases...

—Me está dando lecciones de golf como un favor —dije rápidamente—. Como amigo.

Sus ojos se agrandaron y empezó a saltar arriba y abajo.

—Esto significa...

—No —dije, negando con la cabeza rotundamente—. Esto no significa que todavía esté enamorada de Blake. Eso terminó hace mucho tiempo.

Pero una sonrisa se extendió por el rostro de Lucy.

Negué con la cabeza.

—Ni siquiera lo pienses.

—A Hannah le gusta Blake —dijo, usando un tono cantarín—. ¡A Hannah le gusta Blake!

Poniendo los ojos en blanco, me volví y me alejé rápidamente de ella entre la multitud.

—¿A dónde vas? —me llamó.

—¡Tengo que dar esos pasos! —Grité de vuelta—. Te veré en casa.

De acuerdo, puede que me escapara de Lucy a toda velocidad, pero solo porque se acababa la hora del almuerzo. No porque ella estuviera sugiriendo que todavía sentía algo por su hermano. Quiero decir, necesitaba aprender a jugar al golf. Blake sabía jugar al golf. Voila. Era simplemente una cuestión de conveniencia, nada más que eso. Nada más que unas pocas lecciones para impresionar a mi cliente. Eso era todo.

De verdad.

Eso era todo.

Cuando regresé a mi oficina, sudorosa y sin aliento, mi teléfono sonó. Saqué mi teléfono móvil y vi un mensaje de texto de Lucy: «A Hannah le gusta Blake. A Hannah le gusta Blake ;)».

Le habría respondido negándolo, pero me vino a la mente una imagen de Blake dándome lecciones. Sus brazos alrededor de mí, guiando mi swing, y luego sus ojos café expreso mirándome mientras sonreía. Mi vientre dio un pequeño vuelco. Estaba metida en problemas.

CAPÍTULO CUATRO

La noche previa a mi primera clase de golf con Blake, pasé de los reality shows, las palomitas de maíz con chocolate y una buena dosis de Pinot Gris con las chicas para acurrucarme en el escritorio de mi casi organizada habitación para ver el canal de Golf. Escalofriante.

No es que no me gustaran los deportes. Jugué al softbol durante toda la universidad. Me gustaba ver un partido de fútbol tanto como hornear galletas un domingo por la tarde. Y disfrutaba tanto de dar una caminata rápida como de comprar ropa durante rebajas (bueno, casi tanto). El problema del golf era la velocidad o, más concretamente, la falta de ella.

¿Y por qué los comentaristas siempre susurraban? ¿Y por qué los golfistas conducían sus carritos a paso de tortuga? ¿Y por qué estaban tanto tiempo balanceándose? Simplemente golpea ya la pelota.

De igual modo, pasé la noche viendo el canal de Golf y, en consecuencia, escuchando las risas de mis amigas subiendo por las escaleras mientras me agenciaba una botella de agua de un litro para hidratarme para el día siguiente en el campo. Mientras miraba golf y trataba de mantenerme despierta, había vertido cada vaso de agua en una copa de vino para hacerlo agradable y me recordaba a mí misma que aquello era por una buena causa. Realmente quería darlo todo para impresionar a aquel cliente potencial.

No importaba cuántas veces me quedara dormida viendo el torneo en el canal de golf, estaba decidida a parecer que pertenecía al sector. Podría ser una chica de club de campo si me esforzaba lo suficiente. Bueno, si me vestía apropiadamente y no hacía el completo ridículo.

A la mañana siguiente, me desperté y asomé la cabeza a la habitación de Lucy. ¿Lucy? ¿Estás despierta?

Ella gruñó en respuesta, se dio la vuelta y luego su cabeza desapareció bajo las mantas. Me acerqué a hurtadillas a la cama y le hice cosquillas en la parte anterior del pie que sobresalía de la base de la colcha. Lo que sea que fuera que refunfuñó quedó ahogado en su almohada.

—Necesito tu ayuda, Lucy —susurré, tocando el bulto de debajo del edredón—. ¿Qué se supone que debo ponerme?

—¿Eh?

—Para el club de campo —le dije, pinchándola de nuevo y preguntándome hasta qué hora se habrían quedado despiertas anoche divirtiéndose mientras yo me dormía en mi escritorio viendo golf—. ¿Se supone que debo usar un collar de perlas o algo así?

—Mmm. —murmuró Lucy bajo las sábanas.

—¿Perlas?¿En serio? En realidad estaba bromeando.

—Eeeh...

—Si tú lo dices —dije, encogiéndome de hombros.

Tomé prestado un collar de perlas del joyero de Lucy y me apresuré a encontrarme con Blake, que me dijo que iría temprano al club y que allí nos veríamos. Cuando llegué, el horizonte todavía tenía una pizca de un bonito rosa mientras lo esperaba en el carrito de golf que me dijeron que era suyo.

Tengo que admitir que las largas extensiones de verde reluciente con el rocío de la mañana y salpicadas de bolsones de perfecta arena blanca parecían pintorescas. Los árboles que bordeaban el campo tenían hojas de un verde brillante, lo que hizo preguntarme si habían absorbido la mayor parte del suministro de agua de California. Debía haber costado una fortuna con nuestras sequías interminables.

En mi cerebro, los pensamientos vertiginosos de ganarme a mi potencial cliente y mi necesidad de seguridad laboral para situarme en una trayectoria profesional correcta se silenciaron momentáneamente mientras admiraba la belleza del calmado terreno de juego. El campo de golf era así de tranquilo.

Por supuesto, en el momento en que vi a Blake con su bolsa de golf colgada sobre sus anchos hombros, mi cerebro saltó de nuevo al modo acelerado. Necesitaba concentrarme. Necesitaba aprender. Necesitaba jugar bien al golf y hacerlo rápidamente. Seguidamente, giré la llave del encendido y me dispuse a pisar el pedal a fondo cuando Blake se acercó al lado del pasajero. En lugar de montar para que pudiéramos correr hacia el primer hoyo, se inclinó contra el carro.

—Espera un momento —Se rió mientras dejaba los palos de golf—. Tranquila, velocista.

Parpadeé, deseando que no fuera tan atractivo.

—Vale...

Se acercó a mí y apagó el motor. No pude evitar notar lo bien que olía, su cabello todavía estaba ligeramente mojado por la ducha. Llevaba una camisa azul de cuello atlético que complementaba su piel bronceada y abrazaba muy bien sus musculosos hombros. Me recordé a mí misma que estaba allí solo para recibir lecciones de golf única y exclusivamente mientras él deslizaba las llaves del carrito de golf en el bolsillo de sus pantalones caqui y luego me extendía la mano. Arqueé una ceja.

—¿No vamos a jugar al golf? —pregunté, señalando con la cabeza en dirección a la bandera que marcaba el primer hoyo.

—Estamos jugando al golf —dijo, estirando su mano hacia mí—. Simplemente no necesitaremos el carrito de golf.

Con recelo, tomé su mano y un pequeño zumbido atravesó mi vientre.

—Lección número uno, es más agradable caminar por el campo —dijo, su boca se curvó hacia arriba mientras nos dirigíamos hacia la bandera que marcaba el primer hoyo con su mano envuelta alrededor de la mía.

—Tú lo sabes mejor —le dije, sin querer informarle que también era todo mucho más lento de esa manera. El carrito de golf significaba más hoyos más rápidamente y más tiempo para practicar. Pero confiaba en Blake. Y quería ser buena estudiante. Además, cumpliría mi objetivo de pasos de aquella manera. Podría acabar desempleada dentro de un mes, pero al menos estaría en forma.

Ir de la mano de Blake me hacía sentir tan bien que me quedé decepcionada cuando llegamos al primer hoyo y él la soltó. Nunca antes me había tomado de la mano, pero probablemente solo estaba tratando de tranquilizarme ya que era una golfista novata. Solo un gesto amistoso. Tenía que ser eso. ¿Correcto?

—Está bien —dijo Blake, aplaudiendo—. ¿Por qué no me muestras tu swing? Así veremos con qué nos tenemos que enfrentar.

—Vale —dije, caminando hacia su juego de palos de golf. Saqué el que esperaba que fuera el driver. Puede que me hubiera dormido un poquito mientras realizaba mi tarea de investigación en el canal de golf, pero el driver parecía el palo más fácil de reconocer. Levanté una ceja mientras lo sostenía.

El asintió.

—Hasta ahora todo bien, Griffin.

—Gracias —dije, sintiéndome un poco confundida. La forma en que me llamaba por mi apellido me recordaba las veces que se burlaba de mí y de Lucy cuando éramos niñas. Pero la forma en que me sonrió no me hizo sentir en absoluto como la amiga de su hermana pequeña. Me hizo sentir que me veía como una mujer hermosa.

Pero tal vez aquello fue una ilusión.

—Veamos qué tienes —dijo, arrodillándose para clavar un tee en la tierra verde del tee de salida. Sacó una pelota de golf blanca y la colocó en la cabeza del tee. Por lo menos yo sabía que aquel era el punto en el que se suponía que debía golpear la bola lo más lejos que pudiera. Mientras yo alineaba la cabeza del palo con la pelota, Blake se acercó.

—Ahora, sólo recuerda —dijo, poniendo su mano sobre la mía—. Puede que no lo consigas la primera vez. Y eso está bien. Solo tenemos que ser pacientes.

Antes de que mi mente pudiera descomponerse, analizar, obsesionarse y volverse loca tratando de averiguar qué quería decir Blake con «nosotros», me las arreglé para asentir.

—Lo tendré en mente.

—Adelante —Él sonrió y levantó las manos, retrocediendo.

Con Blake a una distancia segura, me concentré en la pelota de golf y luego en la bandera en la distancia en un largo tramo de césped perfectamente cuidado. Moví las piernas como veía hacer a los golfistas en el canal de golf y respiré hondo.

¿Tan difícil debía ser golpear aquella bola? Quiero decir, ¿qué tan difícil podría ser realmente? Era como el softbol, solo que con un bate más delgado y una pelota más pequeña. Yo podía hacer aquello. Mientras balanceaba el palo hacia atrás, me imaginé la bola navegando sobre el césped verde recortado y cayendo a unos metros del hoyo.

Luego me balanceé tan fuerte como pude... y fallé.

Mi rostro se calentó y miré a Blake. Asintió con la cabeza hacia la pelota, que todavía estaba en el tee, burlándose de mí. Pero Blake no se rió por mi triste intento. Simplemente me hizo un gesto para que volviera a la pelota.

—Inténtalo de nuevo —dijo, sin rastro de risa en su voz —. Ese no fue un mal swing.

Me reí a carcajadas.

—Mmm., perdí la pelota por completo y posiblemente he sufrido un latigazo cervical. ¿Cómo qué no?

—Confía en mí —dijo, señalando la pelota con la cabeza—. El swing fue bueno, solo un poco alto. Esta vez no pierdas de vista la pelota.

Ajustando mis pies y suspirando, me concentré de nuevo. Era simple: palo a bola, bola a hoyo. Podía hacer aquello. Giré y mi palo chocó con el suelo, provocando que un montón de tierra saltara hacia adelante.

—Ups —dije, mirando con horror la hendidura en el suelo. La bola permaneció en el tee y me la imaginé riéndose. Me da lo mismo, bola.

—Tienes mucho potencial, Griffin. Eso es seguro —dijo, dándome una palmada en la espalda—. Mantén tu ojo en la parte posterior de la pelota. Mantenlo ahí todo el tiempo. Inténtalo de nuevo.

—Qué patético —murmuré, imaginando la expresión en el rostro de mi cliente si me viera perder la pelota durante el torneo. Él querría escuchar mi presentación después de ver aquella debacle. Sin duda. Vale. Me agaché y dejé caer mi frente sobre la parte superior del mango del palo.

—Hannah... —Blake se agachó hasta que me miró a los ojos, con una sonrisa divertida en su hermoso rostro. Sus bonitos ojos marrones estaban llenos de bondad y paciencia—. Solo has golpeado dos veces.

—Lo sé —Cerré los ojos con fuerza y golpeé mi frente contra el palo—. Tengo miedo de que la tercera vez sea aún peor.

Se rió entre dientes y levantó mi barbilla con su dedo.

—¿Esperabas ser Tiger Woods después de dos intentos? —preguntó.

Consideré la pregunta y comencé a reír.

—Sí, supongo que lo esperaba. Me imaginé la bola cayendo justo al lado del hoyo.

Sacudió la cabeza.

—Tal vez deberíamos intentarlo al menos tres veces antes de esperar ganar algún PGA Tour, ¿eh?

Dejando escapar un largo suspiro, asentí y me puse de pie.

Blake puso sus manos sobre mis hombros.

—¿Lista para intentarlo de nuevo?

Sonreí.

—Lista.

Su sonrisa me hizo sentir que podía atarme los palos a la espalda, correr hacia la costa, nadar a través del Pacífico, escalar el monte Fuji, clavar el tee y golpear la pelota hasta el primer hoyo del Arbor Grove Country Club. No podía decir si me había sonreído así porque era un buen tipo o porque quizás, solo quizás, yo le gustaba.

Respiré profundamente y me concentré cuando comencé mi swing. Esta vez, el palo rebotó en la pelota de golf y la envió rebotando unos metros hacia adelante. Sentimientos de derrota amenazaron con inundar mi pecho hasta que Blake soltó un fuerte silbido y gritó. Mis cejas se levantaron mientras lo miraba.

—¡Buen trabajo!

Volví a mirar mi bola y me reí.

—Apenas le pegué.

—Pero acertaste esta vez, ¿no? —Se acercó, recogió la

pelota y la volvió a colocar en el tee—. Progresas, Griffin. Podemos trabajar con eso.

Ese «nosotros» de nuevo hizo que mis piernas se pusieran como gelatina, especialmente cuando se movió para pararse detrás de mí. Mi respiración se aceleró.

—Empecemos por tus manos —dijo en voz baja en mi oído—. Coloca tu mano dominante en el eje. Entonces pon esta mano aquí. Y tu pulgar, aquí —dijo, moviendo sus manos sobre las mías, haciendo que las mariposas revolotearan en mi vientre. ¿Cómo se suponía que iba a concentrarme en el golf con sus manos en las mías?—. No tan apretado —dijo.

Aflojé mi agarre mortal, moviendo mi cabeza para ver sus ojos.

—Me da miedo que el palo salga volando si pongo las manos demasiado flojas.

—Tienes que confiar en ti.

—Confiar en mí... —Asentí con la cabeza, mirando hacia otro lado antes de que pudiera perderme contando sus largas y espesas pestañas. Me soltó, pero seguidamente sus manos se movieron a mis hombros, lo que hizo que se me pusiera la piel de gallina a pesar del creciente calor de la mañana.

—Mantén la cabeza quieta. La estás girando cuando te balanceas.

—De acuerdo —Mi voz casi chirrió.

—Este hombro hacia atrás —Echó hacia atrás mi hombro derecho—. Perfecto, justo así.

Trataba de recordar todo lo que me estaba diciendo, pero el sonido de su voz me estaba hipnotizando, por no mencionar sus manos sobre mí.

—Cuando hagas el swing —dijo, sus manos deslizándose hacia mis brazos—, no te detengas cuando golpees la pelota. Acompáñala.

—Vale —dije, tragando saliva. Luego sus manos se movieron a mis caderas y pensé seriamente que me iba a desmayar.

—Concéntrate en tu equilibrio —dijo, agarrando mi cintura mientras me balanceaba ligeramente desde el talón hasta la punta—. Caes un poco sobre tus talones. Encuentra el equilibrio y trata de mantenerlo.

—Equilibrio —dije débilmente.

Trató de moverme pero me mantuve firme, en equilibrio sobre las suelas de mis zapatos.

—Perfecto.

Mientras se movía para pararse frente a mí, su mano se deslizó por mi espalda para caer a su lado. La electricidad corrió entre nosotros mientras me miraba.

Él me sonrió.

—No te precipites con el swing. Paciencia, ¿vale?

Le devolví la sonrisa.

—Sabes que no llevo muy bien la paciencia.

Se rió y dio un paso atrás para darme espacio.

—Confía en mí, Griffin, lo sé —dijo, asintiendo con la cabeza hacia la pelota en el tee—. Inténtalo de nuevo.

Y así pasamos la mañana: yo fallando, él instruyendo, yo fallando un poco menos, él alentándome, yo no fallando del todo, él moviendo pacientemente mi cuerpo de un lado a otro, yo tratando de no desmayarme. El canal de golf no habría sido nada aburrido si Blake hubiera estado allí conmigo. En serio, me divertí más con Blake esa mañana que en años. A pesar de mis tristes intentos, acabábamos riendo y él nunca perdió la esperanza de que pudiera mejorar.

—Este va a ser tu mejor drive del día —dijo, mientras nos acercábamos al último hoyo.

Me concentré, tratando de recordar todo lo que me había enseñado, con ganas de impresionarlo, quiero decir, con ganas de impresionar a Ray Livingston. Mantuve mi cuerpo firme, me concentré en la parte posterior de la pelota y luego me balanceé. La pelota navegó por el aire y observé su trayectoria con los ojos muy abiertos...

—¡Sí, sí, sí! —Blake vitoreó cuando la pelota voló hacia arriba haciendo un precioso y alto arco... y directamente le dio a una ventana del segundo piso de la casa club.

Mi boca se abrió. Miré a Blake, sus ojos se encontraron con los míos y luego se echó a reír. No se había reído ni una sola vez a pesar de todos mis terribles swings y horribles putts, pero rompí una ventana y él se puso a reír histéricamente.

—Blake —susurré, las comisuras de mi boca tirando hacia arriba—. ¡Esto no ha sido gracioso!

Se acercó y puso un brazo sobre mi hombro.

—Lo siento, Griffin —dijo, todavía riendo mientras nos conducía hacia la casa club—. Eres tan adorable cuando rompes ventanas. No te preocupes por el daño. Pagaré el arreglo.

¿Adorable? ¿Había dicho que yo era adorable?

—La próxima vez trabajaremos la puntería —dijo, haciendo que ambos estalláramos en carcajadas.

Mientras subíamos los escalones hacia la casa club, nuestra conversación se centró en cosas más banales como lo que estaba leyendo y mis programas de televisión favoritos. En ese momento me di cuenta de que necesitaba perfeccionar mi swing de golf pronto, muy pronto. Porque después de solo una lección, había pasado de enamorarme a enamorarme perdidamente del hermano mayor de mi mejor amiga, que había terminado en un desamor la última vez.

CAPÍTULO CINCO

Después de varias lecciones más de golf con Blake, que disfruté mucho más que de lo que una estudiante debería, finalmente llegó el día del Torneo Benéfico de Golf para Parejas. Me complació ver que el arco principal del club contaba con una versión moderna y fresca del concepto de marca del torneo. ¡Vamos, Lucy! Ajusté la pretina de la falda de golf que me había prestado Lucy con la esperanza de encajar con la bulliciosa multitud del Arbor Grove Country Club. Como si sintiera mi nerviosismo, Blake me miró con una ligera preocupación en sus ojos marrones café. Forcé una sonrisa rápida para él, antes de regresar mi mirada a la escena que me rodeaba.

Ni siquiera el cielo azul claro y brillante, los impresionantes acres de césped recién cortado y la suave brisa pudieron calmar la inquietud que sentía mientras buscaba en Sacramento al Sr. Livingston, el cliente potencial al que quería impresionar. No, el cliente al que necesitaba impresionar aquella tarde para mantener mi trabajo. Aunque no lo vi.

Vi a personas con palos de golf colgando en plan casual sobre sus hombros, bromeando fácilmente entre sí. Parejas descansando en carritos de golf. Otros tomaban huevos rellenos y vasos de mimosas del servicio, que vestía camisa blanca. Aquella era mi oportunidad de llamar la atención del Sr. Livingston. ¿Quizás no había llegado todavía?

—Repasemos lo que aprendimos la semana pasada —dijo Blake, sacando un putter y entregándomelo.

—Estoy lista —dije, inclinándome hacia un lado para ver si era el Sr. Livingston el que estaba de pie detrás de la mesa que estaba llena de fresas frescas, kiwis, naranjas y rodajas de todo tipo de clases de melón.

Solo miré hacia arriba cuando los dedos de Blake se deslizaron sobre los míos mientras envolvía mi mano suavemente alrededor del putter. Las mariposas invadieron mi vientre. Su rostro estaba cerca del mío y me sonrió. Nos habíamos conocido más durante nuestras caminatas matutinas al trabajo y en las lecciones de golf para el torneo. Después de todo su arduo trabajo, yo esperaba no estropearlo hoy.

—Solo somos tú y yo —susurró, sus labios cerca de mi oído, a pesar de llegaban algunas miradas extrañas lanzadas en su dirección por un grupo que estaba cerca—. ¿Correcto?

—Incorrecto —dije, moviendo mi mano hacia la multitud y alejándome de él mientras me preguntaba quiénes eran las personas del grupo—. Somos tú, yo y todas estas personas que han estado jugando al golf desde que usaban pañales dorados.

—¿Dorados? —preguntó, riéndose de mi broma—. Me he ofendido. Mis pañales estaban chapados en platino.

—No me extrañaría —dije, sonriendo.

Él sonrió y se movió para pararse detrás de mí como lo había hecho tantas veces durante nuestras lecciones privadas juntos. Y al igual que todas esas veces, la sensación de él rozando mi cuerpo envió escalofríos por mis brazos. A pesar del clima cálido, deseé haberle pedido a Lucy un suéter de manga larga en lugar de la linda camiseta deportiva blanca que ella insistió en que me pusiera. Tenía miedo de que Blake viera la piel de gallina y supiera que me gustaba.

Que me gustaba de verdad.

Estiró su barbilla sobre mi hombro y sus manos rozaron mis brazos para descansar sobre mi agarre en el putter. Notaba su fuerte y sólido pecho totalmente estable contra la frenética carrera de mi corazón. Traté de mirar hacia arriba para buscar al Sr. Livingston, pero las palabras de Blake en mi oído me devolvieron a sus suaves manos sobre las mías.

—Ojos en tu objetivo —dijo.

—Detrás de la pelota —Asentí con la cabeza y miré hacia el hoyo en el pequeño green. Nadie más lo usaba, probablemente porque nadie más intentaba dominar el golf en menos de dos semanas. Solo yo. Pero pronto mis ojos se desviaron mientras mi mente pensaba en lo importante que era para mi carrera impresionar al Sr. Livingston en el torneo.

—Relájate —sonrió, su mejilla contra la mía. Luego se inclinó para tocar la parte de atrás de mis rodillas. Esa instrucción no ayudó mucho, porque cuando me tocó me quedé paralizada como un ciervo frente a unos faros.

—Estoy tratando de relajarme —dije.

—Hazlo fácil —susurró mientras guiaba mis brazos hacia atrás y luego movió el putter hacia adelante para golpear la bola de golf en mis pies.

La vi rodar por el green en línea recta hasta que finalmente cayó en el hoyo en el primer golpe. Me di la vuelta y le sonreí a Blake.

—¡Funcionó!

—¿Ves? —Él sonrió, colocando un mechón de cabello suelto detrás de mi oreja—. Tú y yo.

Respiré hondo, estabilizándome y asentí.

—Tú y yo.

Mientras miraba a Blake, no tenía ningún deseo de buscar a nadie más, ni siquiera al Sr. Livingston. Blake era el único con el que quería estar hoy. Abrió la boca para decir algo, pero fue interrumpido por una mujer llamándolo por su nombre. Miró por encima de mi hombro y luego sus músculos faciales se tensaron. ¿Pero qué...?

Me volví para ver a una hermosa mujer que caminaba hacia nosotros de manera segura y decidida. De alguna manera, el viento hizo volar su cabello hacia atrás de una manera sexy como un ventilador en un desfile de moda mientras ese mismo viento soplaba mi cabello sobre mi brillo de labios transparente. La mujer era alta, delgada, impecablemente vestida y tenía una sonrisa que transmitía a todos que era consciente de lo increíble que estaba.

—Cassandra —dijo Blake, mientras le dejaba un beso de lápiz labial rojo en cada una de sus mejillas.

Mi corazón se derrumbó. ¿Era Cassandra Bishop? ¿La ex novia de Blake? Ella podría ser la gemela de Shailene Woodley. ¿Cómo se suponía que iba a competir con alguien que se parecía a ella?

—Blake, ha pasado demasiado tiempo —dijo una voz masculina ronca, un hombre mayor se acercó detrás de Cassandra para estrechar la mano de Blake.

La confusión y la sorpresa definieron la expresión de Blake.

—Sr. Bishop, me alegro de verle.

El padre de Cassandra. Excelente. No es que estuviera contenta de estar allí en medio de la reunión.

Mi cuerpo se entumeció mientras permanecía de pie en silencio mirando a Blake y a Cassandra. ¿Se debió su incomodidad a que yo estuviera allí? Como respuesta, Cassandra se volvió hacia mí, me mostró una sonrisa radiante y luego me entregó sus palos de golf. Por alguna razón desconocida, los tomé, incluso cuando mi boca se abrió un poco. Luego sacó un billete de cien dólares de su billetera y me lo entregó también.

—Uh... ¿eh? —Murmuré, sin inteligencia.

—No hablo mucho con mi caddie, querida —dijo, sacando un espejo compacto para comprobar su lápiz labial—. Y no quiero tus consejos acerca cómo mejorar mi swing a menos que te lo pida. Nada personal. Tomo mis propias decisiones en la vida. ¿Sabes?

Abrí la boca para decir algo, pero luego la cerré cuando Cassandra se volvió hacia Blake y puso su mano cuidada sobre su pecho. Él no se la apartó.

—Blake, cariño, no irás a jugar solo al golf, ¿verdad? —preguntó ella con sus dedos recorriendo sus abdominales —. ¿Dónde está tu pareja?

Él la agarró por la muñeca y le quitó la mano del pecho.

—Tengo una compañera, ella...

—Porque papá puede jugar al golf con mamá si quieres

jugar al golf conmigo. Como se suponía que debíamos hacer siempre, cariño.

—Cassandra, tengo compañera —dijo Blake, tomando los palos de golf de ella de donde estaban situados frente a mí y colocándolos de nuevo frente a Cassandra. Luego puso un brazo alrededor de mis hombros y me atrajo hacia él. Oh, sí.

—¿Vas a jugar al golf con la caddie? —Cassandra arqueó una ceja, pero no la levantó tanto como había levantado su voz incrédula.

—Cassandra, para. Ella no es la caddie y lo sabes —dijo, con irritación clara en su voz—. Esta es mi compañera, Hannah.

Un destello de ira apareció en los ojos verde oscuro de Cassandra, que noté que eran del color de las plantas carnívoras. Hermosos, pero mortales. Ella se recuperó rápidamente de su tono y se volvió hacia mí de nuevo, esta vez con una sonrisa condescendiente helada.

—¿Hannah...?

Tragué y extendí una mano que esperaba que no estuviera demasiado sudada.

—Hannah Griffin.

Cassandra no tomó mi mano, sino que se apartó de mí y se cruzó de brazos.

—Lo siento, no me suena tu nombre. ¿Quiénes son tus padres? Supongo que también son miembros del club.

Blake negó con la cabeza.

—Hannah ha sido la mejor amiga de Lucy desde que eran niñas.

—Oh, la amiga de Lucy —dijo Cassandra, como si ahora entendiera claramente—. Trajiste a la mejor amiga de tu hermana pequeña ya que no tenías una cita. Qué mono.

Parpadeé.

—¿Mono?

—Espero que no le salga muy caro ser tu niñero, querida —dijo con una voz que uno usaría para bromear mientras se volvía hacia Blake.

No lo encontré divertido.

—Entonces, ¿vamos a jugar al golf o qué? —pregunté, harta de escuchar a aquella mujer insultarme. Colgué mi juego de palos de golf sobre mi hombro.

—Después de ti —dijo Cassandra.

—No, después de ti —escupí con la mandíbula apretada.

—Vayamos juntos, ¿de acuerdo? —Blake puso una mano en mi espalda baja. Se inclinó hacia mi oído mientras caminábamos—. Siento todo esto. Está intentando marearte.

—No va a funcionar —dije, notando que Cassandra caminaba detrás de nosotros—. Nadie se mete en mi cabeza.

—Bueno, a excepción de Dolly el unicornio —dijo.

Lo miré en estado de shock.

—¿Recuerdas el nombre de mi amigo imaginario?

Él rió.

—¿Cómo podría olvidarlo?

Mi corazón se aceleró.

—Estoy conmovida —dije, en serio.

—Escucha, no importa lo que diga Cassandra, ya no eres una niña —dijo, deslizando su brazo alrededor de mi hombro y deteniéndome por un momento—. Eres fuerte, inteligente, a veces bastante rara...

Le di un puñetazo en broma en el brazo. Fingió estar sufriendo.

—Quiero decir, una mujer hermosa y realmente fuerte. Y vas a gustar mucho ahí afuera, ¿vale?

¿Acababa de decir que era hermosa? ¿Yo? ¿La Anna Kendrick comparada con Shailene Woodley? Como si fuera una señal, Cassandra pasó con su padre y gritó por encima del hombro:

—Pensé que íbamos a ello, querido.

Me volví hacia Blake, la competitividad ardía dentro de mí.

—Hagámoslo.

—Venga —dijo.

En el primer hoyo vi como Cassandra empujaba la bola por la calle más lejos de lo que nunca jamás yo la había golpeado, incluso en mi mejor swing durante la práctica con Blake. Pensé que ella sería buena en todo lo que hacía.

—Vamos, Hannah —dijo Blake, aplaudiendo mientras ponía mi bola en el tee.

Me di cuenta de que Blake no me había llamado por mi apellido como lo hacía cuando éramos niños o incluso en los últimos días. Tal vez vivir al lado de él estaba haciendo que comenzara a verme como algo más que la «mejor amiga» de su hermana pequeña, como dijo Cassandra. Tal vez estaba empezando a verme como una mujer adulta y segura. Si era así, necesitaba confirmar aquella nueva deducción con un swing espectacular lo antes posible. Me quedé mirando la parte de atrás de la bola, pensando que podía hacerlo. Podía hacer aquello sin ninguna duda.

Recordando todo lo que Blake me enseñó y encontrando un poco de jugo extra de mi espíritu competitivo, levanté mi palo hacia atrás y luego hice el swing. De alguna manera, el palo se conectó con la pelota y un clic satisfactorio resonó en el aire. Vi mi bola arquearse en el aire y circular por la calle. Blake aplaudió e incluso el Sr. Bishop silbó mientras todos veíamos cómo mi pelota se deslizaba unos centímetros más allá de la pelota de Cassandra.

Eh, más allá era más allá. Me valía.

Cassandra permaneció en silencio.

Reprimiendo mi sonrisa (y la caída de mandíbula, para el caso), me di la vuelta justo cuando Blake me abrazó con fuerza, me levantó y me hizo girar en el aire.

—Mantengamos la elegancia, ¿eh, Blake, cariño? —dijo Cassandra, usando un tono aburrido mientras seguía a su padre hacia las bolas.

Mientras caminábamos hacia el green, resplandecí en la gloria de mi poderosa conquista. Blake conversó con el Sr. Bishop sobre negocios, sus padres y el mercado de valores. Cassandra caminó junto a ellos hasta que se dejó caer conmigo.

—Sabes —dijo, mostrándome una sonrisa lentamente —, pareces un amiga tan dulce para Blake.

La miré, tratando de leer su expresión, que parecía contener solo una sonrisa postiza.

—Gracias —le dije, decidiendo darle el beneficio de la duda de que quería decir lo que decía, a pesar de sus muchos comentarios engreídos hasta el momento. Pero, oye, ella no me conocía. Y estaba con alguien que la había dejado recientemente. Tenía que ser una situación difícil de manejar—. Blake y yo somos amigos desde hace mucho tiempo. Desde la infancia.

Levantó el dedo índice y lo colocó contra su boca como si estuviera pensando en las palabras adecuadas para decir.

—Es bueno que haya tenido una amiga como tú durante nuestro descanso.

Esperé a que ella cambiara la palabra por «ruptura» pero... nada. Se suponía que debía decir «ruptura». Había una gran diferencia entre «descanso» y «ruptura», yo quería que ella confirmara la segunda palabra tal y como Blake me había dicho. Desafortunadamente, ella no dijo nada más. Aquello me obsesionó mientras nos acercábamos al segundo hoyo.

—Mmm., —dije, volviéndome hacia Cassandra con el corazón latiendo con fuerza. Pero tenía que conocer la historia completa—. Pensé que habíais terminado.

—No, nena —Ella se rió y desestimó mi comentario con un gesto de su elegante mano—. Nos hemos tomado un pequeño descanso porque ambos hemos estado muy ocupados con nuestras exitosas carreras. Yo también quería más tiempo para un asunto de caridad individualizado. Ya sabes, retribuir es muy importante en estos días.

—Cierto... —Incliné la cabeza mientras mi mente se aceleraba. Blake había dicho que Cassandra no se involucraba en obras de caridad, a menos que se tratara de un evento social. ¿Habrían mantenido una conversación posterior en la que hablaran sobre volver a estar juntos pero Blake no me lo había dicho?

—Blake y yo realmente queremos ser una pareja con nuestras prioridades claras, ¿sabes? —continuó, pero apenas la escuché por encima del ruido de mis oídos. Me quedé mirando la espalda de Blake, suplicándole mentalmente que confirmara o negara lo que Cassandra estaba diciendo—. La caridad es tan importante para los dos.

—Ah —dije, pensando que aquello ciertamente no sonaba como una ruptura.

—Entonces, me alegra mucho que haya encontrado una pequeña amiga durante este tiempo de espacio que nos hemos dado —Me dio unas palmaditas en la espalda y sonrió antes de ocupar su lugar junto a su bola.

Blake se movió para pararse a mi lado y yo me aparté, como si su brazo fuera un hierro candente.

—¿Qué pasa? —preguntó.

—Estoy pensando dónde quiero la mmm... eeeh....

—¿La bola? —preguntó Blake con su boca medio divertida, medio confuso, frunciendo el ceño.

—Correcto —dije, alejándome aún más—. Vale, donde quiero que vaya la bola.

Cassandra golpeó la bola directamente en el hoyo antes de que fuera el turno de Blake. Vi como ella le acariciaba el brazo con los dedos mientras caminaba hacia su pelota.

¿Había entendido mal a Blake acerca del asunto de la ruptura con Cassandra? ¿Había yo querido oírle decir que les había ido tan mal que me había perdido algo importante? ¿Como una futura reconciliación? ¿Realmente había dicho que se habían dado un tiempo?

Mi cabeza daba vueltas, como había estado dando vueltas desde que me ascendieron. Claramente, había estado imaginando el estado permanente de su ruptura. El estrés de mi trabajo había frito mi cerebro y lo había entendido mal. Un nudo se formó en mi estómago, pero tuve que admitir que Cassandra parecía perfecta para Blake en todos los sentidos en lo que yo no lo era. Su familia pensaba eso y todos en su trabajo pensaban que sí. ¿Quién era yo para desear a un chico que ya estaba ocupado?

—Le toca, jovencita —dijo el Sr. Bishop ofreciéndome un gesto cortés hacia la bola.

Parpadeé habiendo casi olvidado dónde estaba hasta que vi a Cassandra susurrarle a Blake algo. Y asintió con la cabeza. De repente, me sentí como la tercera en discordia. Y éramos un cuarteto, así que...

Me limpié el sudor de las manos dos veces antes de poder agarrar el putter decentemente. Todo lo que Blake me había enseñado voló de mi cabeza. Todo lo que podía pensar era en ellos dos juntos como pareja en una tarjeta de Navidad que recibiría mientras vivía al lado de él y en lo perfecta que se vería esa foto.

Mi agarre se endureció y cuando giré y golpeé la pelota, también fui algo ruda. La bola salió disparada alejándose del hoyo y voló por una colina empinada directamente hacia una trampa de arena. Sí, demasiado ruda.

—Te has pasado por un poco —dijo Cassandra, sin servir de mucha ayuda.

Sin una palabra, marché donde quedó mi bola en la arena.

Blake dijo:

—Hannah...

—La tengo —Le respondí sin mirarlo.

Se me llenaron los ojos de lágrimas cuando me balanceé y vi cómo la pelota rebotaba unos centímetros hacia adelante en una ola de arena antes de rodar hacia atrás para golpear mis dedos de los pies. Golpeé esa pelota una y otra vez, balanceándome cada vez más salvajemente.

Pero la pelota nunca se movió más de unos pocos centímetros, si es que logré hacer contacto con la ventosa.

—Hannah, es suficiente —dijo Blake.

Escuché a Cassandra reír, lo que me hizo decidirme a sacar esa bola de la trampa de arena. Traté y traté, pero no tuve suerte. ¡Argh!

—Querida, viene el próximo grupo. Tenemos que seguir —dijo el Sr. Bishop, pero lo ignoré cuando la arena inundó mis zapatos.

No podía rendirme. Tuve que regresar al hoyo. De vuelta a donde había estado. Solo tenía que hacerlo. Había sido tan feliz durante un tiempo y ahora estaba atrapada en la arena. Aunque me llevara toda la tarde, iba a dirigir mi bola de regreso a ese hoyo y así tal vez llenara ese otro hoyo en mi pecho. Pero la siguiente vez que fui a golpear la pelota no estaba allí. Parpadeé. ¿Eh? Mi cabeza se levantó lentamente hasta que vi la pelota en la mano de Blake mientras me miraba con una línea entre las cejas.

—Hannah —dijo, aclarándose la garganta y gesticulando indicando hacia detrás—. El siguiente grupo está aquí. Han estado esperando y vinieron a ver de qué se trataba todo el escándalo. Lo has intentado de buena fe pero ahora tenemos que pasar al siguiente hoyo.

Él asintió con la cabeza hacia el borde de la trampa de arena donde Cassandra y su padre estaban parados con otras dos parejas, que aparentemente se habían detenido en sus carritos para verme enfrentarme cara a cara con mi pequeña némesis blanca.

Casi jadeé de horror cuando reconocí el rostro sorprendido del Sr. Livingston. ¿Cuánto tiempo había estado allí parado el hombre por el que estaba allí con la intención de impresionar con mi comportamiento sofisticado, mis modales respetuosos y mi ropa cara, mirándome con la frente sudorosa, las mejillas rojas y gruñidos agravados golpeando la pelota de golf como una loca? Mientras miraba al Sr. Livingston, supe que había estado allí el tiempo suficiente para saber que ya nunca lo impresionaría.

—Bueno... —Livingston tamborileó con los dedos a lo largo de su putter—. Ciertamente, esto ha sido bastante... interesante.

El calor inundó mis mejillas. Oh no. Todos mis buenos propósitos depositados en aquellas lecciones de golf se habían ido al garete. Si mi situación laboral había sido mala antes, ahora era diez veces peor. O cien veces peor. Realmente odiaba evaluar lo mal que había hecho las cosas. Así que agarré mi pelota, salí de la trampa de arena y pasé a toda prisa por delante de Blake, quien me miró con ojos interrogantes. No dije nada mientras luchaba por contener las lágrimas en el camino hacia el siguiente hoyo.

—Tu posición necesita mejorar —dijo Cassandra, una vez que Blake estuvo lo suficiente alejado para no escuchar —. No me importaría darte algunas lecciones.

—No, gracias —dije, ya que obviamente no volvería a jugar al golf pronto.

—Bueno, si cambias de opinión... Me encanta el trabajo de caridad —agregó, antes de retroceder para caminar junto a Blake, dejándome sola. Había echado a perder mi única oportunidad con el Sr. Livingston debido a mis senti-mientos por un tipo que ya estaba comprometido.

El resto del torneo incluyó el siguiente entretenimiento emocionante: ver a mi palo volar hacia un árbol cuando se deslizó de mis manos sudorosas, fallar cada par en cada hoyo por no menos de tres, e imaginar la forma menos terrible de informar a mi jefe de que el Sr. Livingston definitivamente no firmaría con Haskell & Haskell.

Oh, ¿cómo podría olvidarlo? En mi búsqueda por no derrumbarme, sonreí y reí como alguien con un subidón de azúcar, mientras me esforzaba por contener las lágrimas. Esperaba convencer a todos de que no estaba completa y absolutamente desconsolada por el hecho de que Cassandra volviera a estar con Blake.

—Blake, ven a cenar con nosotros —dijo el Sr. Bishop después de nuestro último hoyo—. Ciertamente lo has hecho lo suficientemente bien como para merecer un buen bistec en el restaurante del club.

El Sr. Bishop estaba de espaldas a mí mientras yo jugaba con mis palos y eso fue una indicación más que suficiente para darme cuenta de que no estaba invitada. Bien por mí. Las lágrimas que había reprimido toda la tarde amenazaban con volver a caer, así que me di la vuelta y me fui. Pero antes de que pudiera llegar a la soledad de mi coche, una mano en mi brazo me detuvo.

—¿A dónde vas con tanta prisa, Griff ...? —Blake se detuvo abruptamente, sus ojos marrones se llenaron de preocupación—. ¿Qué pasa?

Me limpié las mejillas.

—Nada... sólo el sol en mis ojos —mentí.

El sol se hundió detrás de Blake y se dio la vuelta con obvia confusión para mirar los colores vibrantes que se extendían a través de un lago tranquilo frente al club de campo.

—Pero estabas caminando en la dirección opuesta —

dijo, volviéndose hacia mí—. Hannah, por favor, dime qué pasa.

Puso una mano en mi hombro, tan dulce, tan gentilmente, pero esto solo hizo que las lágrimas cayeran más rápido.

—Una abeja me picó —me atraganté a través de la opresión en mi garganta.

—Una abeja no te picó —dijo Blake con calma, sin juzgar.

—Tengo protector solar en los ojos.

—Hannah...

—Estoy con el periodo.

Blake suspiró y se cruzó de brazos.

—Hannah Griffin, dime la verdad ahora mismo —insistió—. Dime por qué estás triste.

Aturdida y emocionalmente agotada, abrí los brazos y grité:

—Porque me gustas.

Casi de inmediato lamenté haber dejado escapar esas palabras. Nunca debí habérselo dicho. Nunca debí haber admitido cómo me sentía. Debería haberme ido en mi coche y comprar una terrina de helado y llorar hasta quedarme dormida como lo haría una chica cuerda. Me tapé la cara con las manos, horrorizada, mientras Blake permanecía allí en silencio, mirándome.

—¿Y por qué está mal? —preguntó con voz suave.

—No, quiero decir que me gusta cómo eres —Separé los dedos a tiempo para verlo a través de mis ojos borrosos acercarse a mí. Me tomó de las muñecas y me apartó las manos de la cara. Mi corazón dio un salto cuando las sostuvo contra su pecho.

La comisura de su boca se levantó.

—Como dije, ¿qué hay de malo en eso?

—Qué... —Apenas podía respirar cuando se inclinó, su boca se detuvo a una pulgada de la mía, mientras mi vientre se movía un poco. Luego cerró el espacio entre nosotros y presionó sus labios contra los míos. Mis párpados se cerraron revoloteando mientras saboreaba la sensación de su boca contra la mía, suave y dulce. Entonces, mi mente comenzó a trabajar de nuevo y me retiré—. ¿Qué hay de Cassandra? —pregunté.

Levantó las cejas.

—Te lo dije, rompimos.

—Pero...

—No hay Cassandra, Hannah —dijo, mirándome a los ojos con la misma mirada de la noche del baile de graduación. Mi corazón se derritió—. Te lo dije antes, solo estamos tú y yo.

Me atrajo de nuevo, acarició mi mejilla y luego presionó su boca contra la mía. Me hundí en su beso, mi cuerpo se fundió con el suyo mientras mis dedos se extendían por su pecho. Podía sentir su corazón latir contra mis dedos. Acelerado como el mío.

—Espera, espera —dije, apartando a Blake y mirando por encima del hombro los grandes ventanales del club de campo—. Nos pueden ver.

Cada amigo de la familia que Blake conocía desde la infancia, cada abogado de la prestigiosa firma de su padre, cada persona influyente en la élite de Sacramento, todos los que eran alguien podían ver a Blake besándome, una «don nadie» verificable.

Blake miró por encima del hombro, parpadeando

contra los rayos del sol moribundo que atravesaban las brillantes nubes rosadas y amarillas. Luego volvió a mirarme, sus ojos brillaban como esos últimos rayos dorados. Esperé a que diera un paso atrás, asintiera y aceptara que no era una buena idea para su imagen profesional que estuviera allí conmigo en aquellas circunstancias.

Pero no lo hizo.

Él solo sonrió.

—Pues muy bien —dijo, antes de llevarme de vuelta a la calidez de otro beso.

CAPITULO SEIS

Sentada en el Mercedes de Blake, hice girar los suaves rizos que Lucy había puesto en mi cabello para mi cita. Ella también me había maquillado, pero esta vez veté la sombra de ojos azul. Fruncí el ceño cuando pasamos la salida de la autopista hacia el club de campo. Tiré del cinturón de seguridad mientras me giraba para ver el letrero desaparecer en el crepúsculo cada vez más oscuro de esa cálida noche de verano.

—Mmm, creo que te has pasado la salida —Lancé mi pulgar sobre mi hombro, señalando el letrero que se alejaba detrás de nosotros.

Blake me guiñó un ojo.

—No vamos a ir al club de campo esta noche.

—¿No? —Levanté una ceja ante su sonrisa traviesa—. ¿A dónde vamos entonces?

Su única respuesta fue deslizar sus dedos entre los míos y llevar mi mano a sus labios. En mi barriga, algo hizo una pirueta. Después de todos aquellos años, estaba en una cita con Blake Remington.

Se detuvo en el camino de entrada de la casa de sus padres (mansión probablemente era más preciso) en el vecindario Fabulous Forties y estacionó en frente. Luego rodeó el coche para abrir la puerta. Dudé antes de tomar su mano extendida. No había vuelto a aquella casa desde la noche del baile de graduación y me parecía irreal que estuviera allí en una cita con Blake, el chico del que había estado enamorada toda mi vida y la persona que había visto alejarse de mí.

Cuando entramos en el vestíbulo, miré hacia la parte superior de la gran escalera de caracol y recordé la forma en que me sentí cuando lo vi parado justo donde estaba en aquel momento. Cuando me quedé en silencio por un instante, él se aclaró la garganta.

—Espero que te parezca bien, quería cocinar para ti. Mi nueva cocina aún no tiene ollas ni sartenes y mis padres se han ido esta noche, así que pensé que estaría bien. Pero por la expresión de tu rostro, creo que la he pifiado. ¿Estás bien? ¿Te parece bien esto?

Parpadeé y negué con la cabeza antes de mostrarle una sonrisa tranquilizadora.

—Está totalmente bien. Es muy dulce de tu parte querer cocinar para mí. Ni siquiera sabía que sabías cómo...

—Bueno, eso está por ver —dijo, riendo. Presionó algunos botones del estéreo y luego se escuchó un suave jazz en los altavoces integrados de la cocina. Blake sirvió una copa de vino para cada uno—. Salud.

Levanté mi copa y choqué contra la suya.

—Salud.

Tomé un sorbo del Merlot púrpura que seguramente costaba más que mi sueldo mensual mientras observaba a

Blake cortar tomates cherry frescos que había recogido del jardín que rivalizaba con Versalles. No es que haya estado alguna vez en Francia, por supuesto. Pero había visto fotografías. Charlamos tranquilamente mientras cocinaba, rechazando mi oferta de ayuda. Ajo y aceite de oliva hervidos a fuego lento al fogón y una olla grande de pasta casera hervida al lado. Estaba muy atractivo con su delantal y no me podían culpar por mirar mientras tomaba otro sorbo de vino. Me miró desde la tabla de cortar cuando me reí de repente.

—¿Qué? —él sonrió.

—Nada —dije, negando con la cabeza—. Es solo que la última vez que alguien me preparó una comida fue Mac and Cheese con salchichas.

—Un manjar, me han dicho —Sacó albahaca fresca y luego pasó sus dedos por mi mejilla, enviando escalofríos por mi espalda. Mientras tomaba un sorbo de vino, vi como un mechón de cabello castaño claro caía sobre sus enfocados ojos castaños oscuros. Sus dedos se movían con tanto cuidado, tanta dulzura y tanta devoción por las hierbas. La gente a veces confundía a Blake con alguien rígido, serio o severo. Pero yo sabía cómo era. Él era todo corazón. Y cuando ponía su corazón en algo, se entregaba por completo.

Salté sobre el mostrador de la isla, balanceando mis piernas como solía hacer cuando era niña cuando Lucy y yo horneábamos galletas.

—Blake, ¿puedo decirte algo?

Agregó los tomates a la sartén y los movió mientras las llamas salían por los lados. Me miró por encima del hombro.

—¿Debería haber comprado perritos calientes? —preguntó, con ese brillo astuto en sus ojos.

Puse los ojos en blanco e intenté arrojarle una hoja de albahaca. Sonrió cuando cayó entre nosotros sobre el mostrador.

—No se trata de perritos calientes. Es algo que nunca te he dicho antes.

Dejando el fogón, cruzó la distancia y se paró entre mis piernas, mis dedos de los pies rozando sus pantalones a medida. Tomó un sorbo de mi copa de vino y luego la dejó en el mostrador, mirándome con esos ojos concentrados y dedicados.

—Si me lo propusiera, me dirías cualquier cosa y todo lo que nunca me has dicho antes.

Sonreí.

—¿Incluso si te llevara toda la noche?

Pasó mi cabello detrás de mi oreja y sus dedos rozaron el costado de mi cuello.

—Incluso si me llevara todas las noches —dijo.

Mi vientre dio un pequeño vuelco. Cogí mi copa de vino, mis dedos se envolvieron con fuerza alrededor del tallo. A juzgar por el blanco de mis nudillos, quizás un poco demasiado apretados. De alguna manera me sentía completamente cómoda con Blake, pero en otras estaba totalmente nerviosa, especialmente al sincerarme con él en nuestra primera cita oficial.

Respiré hondo de forma reconfortante.

—Probablemente no recuerdes esto... Quiero decir, no hay razón para que debas hacerlo, pero para mi graduación de último año cuando dejé a Tommy, viniste aquí el fin de semana desde Stanford y...

—Llevabas el vestido plateado y negro con la falda de tul que era como tú: divertido, dulce y único.

Mis ojos se abrieron.

—No puedo creer que recuerdes eso... Correcto. Lo viste hace un par de semanas cuando estaba deshaciendo las maletas con Lucy —dije, sintiéndome estúpida al pensar que él se había acordado todo ese tiempo.

—Cuando bajaste las escaleras tenías una estrella de diamantes de imitación, justo aquí —dijo, acariciando la piel cerca de mi ojo, calentando mi piel donde la tocaba—. Usabas esas zapatillas rosas y olías a fresas con nata.

—Ese era el olor de mi loción —dije, incapaz de creer en su memoria.

Puso un dedo debajo de mi barbilla y me agaché un poco, preocupada de que si miraba demasiado tiempo a sus ojos marrones, aquel sueño terminara, tal y como lo había hecho hacía todos esos años cuando me fui con Tommy. Blake recordaba esa noche con claridad. Y yo no lo podía creer.

—Quería ir contigo al baile de graduación —susurré—. Pero luego Tommy regresó y tú te alejaste de inmediato. Supuse que me veías solo como la amiguita de tu hermanita y siempre te burlabas de nosotras y...

—Hannah.

Empecé a hablar rápido, toda esa emoción de esa decepción derramándose:

—Y dijiste que el baile de graduación era para niños y...

—Hannah —dijo con firmeza, haciéndome parpadear—. Yo también quería ir contigo al baile de graduación.

Aquello me detuvo, las palabras que iba a decir se congelaron en mi lengua. Esa fue una frase que nunca en mi vida esperé escuchar. Parecía imposible. ¿Yo? ¿Blake quería ir conmigo?

—¿Qué? —pregunté, segura de que había oído mal.

—Supuse que preferirías ir al baile de graduación con Tommy —Se pasó los dedos por el pelo y suspiró—. No es que quisiera que lo hicieras, pero pensé que no me veías lo suficientemente divertido o aventurero o lo suficientemente moderno.

Sonreí, aceptando finalmente lo que me estaba diciendo.

—Bueno, moderno no es una palabra que hubiera usado para describirte. Tal vez el nerd de los libros...

—Exacto —dijo, dejando escapar un suspiro—. Pero quería ir contigo, Hannah. Siempre quise ir contigo... a cualquier sitio. El baile de graduación, la playa, la biblio-teca, la oficina de correos, el...

Era mi turno de interrumpirlo y lo acerqué más a mí con una mano detrás de su cuello y presioné mis labios contra los suyos. Me besó de inmediato, moviendo mi copa de vino al mostrador nuevamente. Debí golpearla con mi cadera porque hubo un tintineo repentino, pero ninguno de los dos se molestó en detenerse cuando el vaso vacío se volcó.

Sus dedos se deslizaron por mi cabello en la base de mi cuello, escalofríos vibraron arriba y abajo de mi espalda y su lengua se deslizó en mi boca y...

¡El temporizador de la cocina sonó con un fuerte bip-bip-bip!

—La pasta... —Blake me miró fijamente con los ojos entornados un momento y luego finalmente se apartó de mí.

—Oye, si hay alguna excusa para detener un gran beso, es pasta —dije mordiéndome el labio.

Ambos nos reímos un poco nerviosos mientras él colaba la olla. Me llevé los dedos a mis labios mientras él estaba en el fregadero y los sentí hormigueando por sus besos. Ya estaba emocionada por el próximo. Me dio un beso en la mejilla antes de levantarme de la isla con sus fuertes manos en mi cintura y llevarme a la mesa.

—Buen provecho —dijo.

—Sabía que estudiabas francés —le dije, sonriendo.

Nos sentamos y nuestros dedos de los pies jugaron juntos debajo de la mesa mientras comíamos nuestra pasta y bebíamos nuestro vino y hablábamos con la energía nerviosa y emocionada de los adolescentes. No pude dejar de sonreír durante nuestra conversación durante la cena. Todo era perfecto. Todo fue increíble. Todo fue maravilloso y asombroso y absolutamente imposible de creer.

Mientras mordisqueamos fresas frescas después de la cena, oímos que se abría la puerta principal. Blake miró su reloj.

—Mis padres deben de haber llegado a casa temprano —dijo.

Como si fuera una señal, el Sr. y la Sra. Remington entraron al comedor. Inmediatamente saludé con la mano. No los había visto en bastante tiempo, pero siempre habían sido amables conmigo cuando iba allí con Lucy. Aquella vez, todo lo que recibí fueron ceños confusos.

Blake, yo...

—Pensé que habías dicho que tenías una cita esta noche —dijo la Sra. Remington, mirándome con recelo.

Blake se acercó y entrelazó sus dedos con los míos.

—Estoy en una cita, mamá. Con Hannah.

—Hola, Hannah —sonrió la Sra. Remington, pero hacía un frío extraño. Luego le lanzó una mirada helada a Blake—. ¿Puedo hablar contigo en la otra habitación, por favor?

—Mamá, estoy con Hannah, ¿vale?

—Hannah, no te importa, ¿verdad? —La mirada de la Sra. Remington me dijo que solo había una respuesta correcta a esa pregunta.

—No, por supuesto que no —dije, mi voz sonó pequeña incluso para mis propios oídos.

Blake me apretó la mano.

—Vuelvo enseguida.

Asentí con la cabeza mientras él me mostraba una sonrisa tranquilizadora antes de seguir a su madre y a su padre fuera del comedor formal hacia la cocina. Su padre cerró las puertas francesas, pero aún podía escuchar sus voces apagadas desde donde me senté congelada en la mesa.

—Entendimos que querías decir que querías preparar la cena aquí para una cita con Cassandra —dijo la madre de Blake con tono áspero—. ¿Por qué está Hannah aquí?

—Cassandra y yo hemos terminado —dijo, con un claro tono de confusión en su voz.

—¿Pero por qué, hijo? Las cosas habían ido muy bien... —dijo su padre.

—No, papá. En realidad, las cosas no iban bien. No para mí. Mira, aunque a ti o a mamá o a la firma o al club de campo o a cualquier otra persona le guste nuestra unión, Cassandra y yo hemos terminado. No éramos la pareja increíble que parecíais pensar que éramos.

La cocina se quedó en silencio por un momento.

—Es un error, Blake —dijo finalmente la Sra. Remington—. Cassandra es la mujer con la que necesitas casarte y lo sabes. Tiene dinero, contactos y respeto. ¿Qué puede darte la amiga de la infancia de Lucy que no pueda Cassandra?

Se me hizo un nudo en el estómago mientras esperaba que Blake respondiera, justo allí en mi silla, donde todo había sido tan perfecto momentos antes. Esperé y esperé hasta que no pude esperar más.

De puntillas, me apresuré a salir por la puerta opuesta que conducía al vestíbulo. Cogí mis zapatillas en mis brazos mientras salía y sacaba mi teléfono móvil. Me sentí como Cenicienta huyendo de su príncipe por segunda vez. Pero no tenía zapatitos de cristal que dejar en el castillo para el tercer intento.

—Hola, Lucy —dije por teléfono—. ¿Puedes venir a buscarme?

<h1 style="text-align:center">CAPÍTULO SIETE</h1>

Suspiré de alivio cuando el resplandor de los faros amarillos me iluminó desde la entrada al camino de acceso a la casa de los Remington como dos ojos de gato gigantes. A Lucy le había llevado menos tiempo del que esperaba llegar a rescatarme. Debió haber dado con todos los semáforos en verde en la ciudad y luego derrapar por la autopista para llegar tan rápido. Cuando se detuvo en el camino circular detrás de donde estaba estacionado el Mercedes de Blake, la puerta principal de la mansión se abrió detrás de mí.

Blake se detuvo en la puerta abierta y luego corrió hacia mí. Rápidamente sequé algunas lágrimas de mis mejillas. Solo quería ir a casa y poner la cabeza debajo de la almohada. Tener el trabajo que quería y el hombre que quería aparentemente no estaba saliendo como esperaba. Ni siquiera de cerca.

—Hannah —dijo, dando grandes pasos—. No sabía dónde estabas. ¿Qué estás haciendo aquí?

Miré a Lucy en el asiento del conductor. Ella no salía

del coche y no entendí por qué. Me pregunté si estaba enviando mensajes de texto a alguien, pero todo lo que pude distinguir fue su silueta con los faros mirándome. Di un paso hacia el coche, pero Blake se puso delante de mí.

—Lo siento, tengo que irme a casa —dije, pasando el pulgar por encima de mi hombro—. Olvidé apagar el horno, seguramente.

Blake frunció el ceño confundido.

—¿Qué?

—Sí, es cierto —dije, las palabras salían de mi boca—. Estaba horneando antes de que me recogieras para nuestra cita. Quiero decir, nuestra cena informal y amistosa, reunión de negocios, en realidad, desde que me has estado dando lecciones de golf. Probablemente debería pagarte por tu tiempo. De todos modos, el horno, sí, me olvidé de apagarlo. Así que debo irme ahora.

Blake suspiró.

—Hannah, vuelve a entrar para que podamos hablar de esto.

Me aparté de él cuando escuché a Lucy abrir la puerta de su auto y murmurar algo.

—Lo siento, Blake, pero realmente tengo que irme. Lucy está aquí y...

Me di la vuelta e inmediatamente choqué contra Lucy, excepto que el cabello de Lucy no era tan oscuro ni tan largo. Espera un minuto... la mujer con la que me encontré no era Lucy. Miré hacia los ojos entrecerrados de Cassandra Bishop. Ahora mi pesadilla estaba completa.

Tardíamente me di cuenta de que Lucy había llegado tan rápido porque no lo había hecho. La suerte no estaba de mi lado aquella noche.

—¡Mira! —Cassandra gritó mientras yo retrocedía con sorpresa—. Has arañado mis Louis Vuitton's.

—No sabía que estabas aquí. Lo siento mucho —Vi como Cassandra, que llevaba un vestido de cóctel color nude elegante y ajustado que estaba segura de que quedaría completamente fuera de lugar en mí, se inclinó y se frotó una marca negra en sus zapatos de tacón de cinco pulgadas.

—Cassandra, ¿qué estás haciendo aquí? —preguntó Blake, acercándose a mí.

La puerta principal de la mansión se abrió de nuevo y esta vez los padres de Blake salieron con expresiones interrogantes. Rápidamente me alejé de Blake para que no volvieran a asustarse.

—Cassandra, cariño, es un gusto verte —dijo la Sra. Remington, antes de intercambiar besos con ella—. Entra. Hannah, te ibas a ir, ¿no?

—Hannah no se irá a ninguna parte —intervino Blake antes de que pudiera explicarle que Lucy estaba de camino a recogerme—. ¿Qué está pasando?

Cassandra pasó a mi lado con un codazo y envolvió sus dedos alrededor del brazo de Blake mientras le sonreía.

—La señora Remington me pidió que viniera. Ella estaba preocupada por ti y pensó que deberíamos hablar las cosas, cariño.

Él frunció el ceño hacia ella, pero no pude evitar notar que no apartó el brazo de sus dedos bien cuidados. Tampoco pude dejar de notar lo perfectos que estaban uno al lado el otro, con su costoso vestuario que me hacía sentir fuera de lugar con mi vestido de verano de segunda mano. Miré por encima del hombro, escaneando la parte superior del camino de entrada en busca del auto de Lucy.

—No hay nada de qué hablar, Cassandra —dijo Blake—. Hemos terminado.

—Solo nos íbamos a dar un descanso. Como Rachel y Ross. Pero ha pasado suficiente tiempo… —Sacudió la cabeza y agitó las pestañas de manera dramática.

—Lo siento, pero se acabó —dijo, pero de nuevo Blake no le hizo quitar la mano.

Tuve el impulso muy fuerte de quitarle la mano de encima y decirle que la mantuviera bien lejos. Pero me quedé donde estaba y en silencio. Merecí una medalla por mi moderación.

—Sé que las cosas no han ido perfectas recientemente —dijo, levantando uno de sus hombros en un «¿qué podemos hacer?»—. Pero no puedes simplemente tirar por la borda todo lo que tenemos. Tus padres y yo estamos de acuerdo en que es hora de que acabemos con toda esta tontería y volvamos a estar juntos. Para siempre.

—¿Para siempre? ¿De qué estás hablando? —preguntó.

Mi corazón se detuvo mientras miraba de un lado a otro entre los dos.

La risa de Cassandra fue despreocupada cuando dijo como si fuera la cosa más obvia del mundo: «Comprometidos, nena».

Esa sola palabra apuñaló mi corazón. ¿Comprometidos? ¿Casarse para siempre? ¿Y por qué le dejaba la mano allí? Una oleada de náuseas se apoderó de mí y di un paso atrás.

—Todos sabemos que llegará pronto, ¿no es así, Blake? —dijo la Sra. Remington con una mirada mordaz a su hijo.

Blake suspiró y se pellizcó el puente de la nariz.

—Mamá, te dije...

—Sólo escúchala —imploró la Sra. Remington.

—Vamos adentro —dijo Cassandra, tirando del brazo de Blake con su agarre—. Tomaremos una copa de vino y hablaremos.

—No —dijo Blake, liberándose del agarre de Cassandra (finalmente)—. Hannah está aquí y...

Levanté mis manos.

—Oh, estoy bien. No te preocupes por mí.

Su mandíbula se apretó cuando dio un paso hacia mí.

—Hannah...

—De todos modos, Lucy está de camino a recogerme —dije, dando otro paso atrás.

—Hannah, por favor...

¡pi pi pi!

Sonó la bocina de un coche y me volví para ver a Lucy pasando por el camino de arbustos bien cuidados.

—Ya está aquí —dije, parpadeando cuando las lágrimas comenzaron a acumularse en las esquinas de mis ojos—. Me alegro de verlos, Sr. y Sra. Remington. Su casa está preciosa, como siempre. Cassandra, perdón por lo de los zapatos.

Retrocedí mientras Lucy estacionaba frente a la casa.

—Blake, gracias por la cena —le dije, evitando el contacto visual mientras él caminaba hacia mí—. Realmente delicioso.

Detrás de mí, busqué a tientas la manivela de la puerta del pasajero del coche de Lucy, verifiqué dos veces que en realidad era su coche esa vez, antes de tropezar y caer sobre el asiento. Me estiré para cerrar la puerta cuando Blake la atrapó primero. Se inclinó hacia adentro y me miró largamente con esos ojos color café.

—Hannah, por favor, no te vayas —dijo en voz baja.

Le devolví la mirada.

—Tus padres quieren que te cases con Cassandra —dije, mi voz chirriaba un poco—. Es totalmente comprensible.

Lucy se inclinó.

—¿Qué está pasando?

—Blake, cariño —llamó la Sra. Remington detrás de él.

—Vámonos de aquí, Lucy —le dije, mostrándole una mirada suplicante.

—¿Pero por qué está Cassandra aquí? —preguntó Lucy.

Blake puso una mano en mi hombro.

—Hannah, de verdad que no te tienes que ir —susurró—. Quédate. Por mí.

—El horno, ¿recuerdas? —Sonreí y aparté su mano de mi hombro a pesar de que me dolía el corazón y quería sostenerla con fuerza contra mi pecho. Mantuve su mano en la mía mientras nuestros ojos se miraban. Sabía que tenía que dejarlo ir. Solo quería un momento más—. Adiós.

Blake se estremeció y arrugó la frente. Luego se apartó del coche de Lucy y cerré la puerta. Me hundí en el asiento y noté que Lucy me estaba mirando.

—¿El horno? —preguntó ella, sonando desconcertada.

Puse mi mano sobre mi cara.

—¿Podemos irnos a casa, Lucy?

Sin otra palabra, puso el coche en marcha y se alejó. Cerré los ojos para evitar mirarme en el espejo lateral, porque mi corazón simplemente no podía soportar ver que mi sueño se desvanecía una vez más.

* * *

A la mañana siguiente necesitaba una excusa para salir del Día Dos, que era la segunda ronda del fin de semana del Torneo Benéfico de Golf para Parejas. Decidí apostar por una excusa clásica de «Estoy enferma» y le envié un mensaje de texto a Blake: «He despertado con gripe. Tengo las manos demasiado húmedas como para sostener un palo de golf. A menos que haya inodoros en cada agujero, tendré que retirarme. ¡Lo siento!»

Presioné ENVIAR en mi teléfono y luego me dejé caer en la cama con un gemido. Seguidamente me levanté, cerré las persianas de la ventana para bloquear los alegres rayos de la mañana (no tan alegres en aquel momento) y luego me sumergí debajo de mi almohada.

Honestamente, me sentía mal. Había estado despierta toda la noche dando vueltas y vueltas. No quería nada más que cerrar los ojos y dejarme llevar por un sueño feliz. Unos minutos más tarde, un milagro llamó a mis párpados que comenzaron a cerrarse.

¡Ding ,Dong! ¡Ding, Dong! ¡Ding, Dong!

Uf, el timbre. Supuse que era un repartidor y volví a meterme bajo las sábanas. Pero luego el timbre sonó de nuevo un momento después, cinco veces seguidas.

—¡Lucy! —grité—. Lucy, la puerta —dije, pensando que había hecho algún tipo de compra en línea que hacía casi a diario. El timbre siguió sonando. ¡Tan pesado! No podía levantarme de la cama en aquel momento para firmar lo que ella necesitara.

Con la oreja puesta, esperé y cuando no hubo nada más que silencio, cerré los ojos y me obligué a no soñar con

Blake. A mitad de camino de algún tipo de estado de sueño en el que tenía a mi nuevo cliente y mi chico perfecto, alguien llamó suavemente a mi puerta y grité de sorpresa. Poniendo los ojos en blanco, gemí y puse una mano sobre mis ojos.

—Lucy —me quejé—. Te dije anoche que no estoy lista para hablar de eso.

Durante todo el viaje de regreso a nuestra casa, ella había intentado sonsacarme la historia de lo que sucedió, pero yo me quedé con los labios apretados, mirando por la ventana y contando las farolas que pasaban. ¿Cómo se suponía que iba a decirle a mi mejor amiga que me había enamorado de su hermano solo para que me rompiera el corazón? ¿De nuevo?

Cuando otro toc toc sonó en mi puerta, doblé la almohada sobre mi oreja y cerré los ojos con fuerza.

—Por favor, vete —grité—. No tengo ganas de hablar.

Aunque me preguntaba qué había comprado en línea y si podría reparar un corazón roto. O al menos distraerlo por un rato. Hubo un momento de silencio y luego oí que mi puerta se abría con un crujido. Estaba a punto de lanzar una almohada a la cara de Lucy cuando escuché una voz mucho más profunda que la de ella.

—¿Qué tal si comemos? —preguntó Blake.

Tiré hacia atrás el edredón y vi a Blake de pie dentro de mi habitación, con una bolsa colgando que contenía un recipiente para llevar lo que parecía ser una especie de sopa de la tienda local.

—Mmm., hola —dije sentándome y alisando la cabecera de mi cama lo mejor que pude, encogiéndome cuando me di cuenta de que estaba usando mi pijama de lunares con lentejuelas—. ¿Qué estás haciendo aquí?

—¿Puedo pasar? —preguntó, levantando las cejas.

—Supongo, pero ¿qué estás haciendo aquí? —Repetí, todavía sorprendida de verlo, especialmente porque vestía pantalones de chándal grises y una camiseta blanca en lugar de su ropa de golf—. ¿No deberías estar en el torneo?

Miré el reloj de mi pared y noté que la hora de inicio era en quince minutos.

—Mi pareja está enferma —dijo—. Somos un equipo, ¿recuerdas? Vine para ayudarte a sentirte mejor.

Mis ojos se hincharon. ¡Correcto! Se suponía que estaba enferma. Tos. Tos.

—No es una buena idea —dije, tratando de hacer mi voz lo más ronca posible. ¿Cuáles eran los síntomas de la gripe? —. No quiero enfermarte. Además, llegas tarde al torneo.

Tamborileó con los nudillos contra el costado de la puerta.

—¿Puedo al menos entrar para enseñarte lo que traje?

Justo en ese momento el olor de la sopa me subió por la nariz, haciendo que mi estómago gruñera. Realmente no podía decir que no después de eso, ¿verdad?

—No demasiado cerca —le dije, con un sollozo o dos. ¿Era el resfriado un síntoma de gripe? Ay. Trabajaba en las redes sociales, no en el campo médico. Y no había estado enferma en años—. Solo quédate un minuto o de lo contrario llegarás tarde a tu juego.

—Gracias —dijo, con una sonrisa que me hizo sentir culpable por fingir una enfermedad.

Pero tenía que detener mis sentimientos por Blake de

alguna manera, finalmente, después de todos esos años. Después de todo, era autoprotección. Quiero decir, solo verlo sentado en el borde de mi cama hizo que mi corazón se acelerara y después mi garganta se apretara. Se acercó y colocó el recipiente de sopa en mi mesita de noche y luego colocó una bolsa de deporte entre nosotros.

Le tendí una mano.

—No demasiado cerca. Podría ser muy contagioso.

—Voy a arriesgarme —Él sonrió, abrió la cremallera de la bolsa de deportes y buscó dentro—. Ahora, veamos qué tenemos aquí.

—Es amable de tu parte, Blake. Pero será mejor que te vayas ahora mismo —dije, mirando el reloj—. El tráfico puede empeorar, ¿sabes? Y tendrás que encontrar un sitio para aparcar en el club de campo.

En lugar de correr hacia la puerta, sacó pastillas para la tos, antiácidos, ibuprofeno y otros medicamentos diversos junto con una caja de pañuelos de papel, del tipo extra suave con aloe vera. ¡Muy acertado!

—Lo esencial primero —dijo, guiñándome un ojo—. Luego las cosas divertidas.

Era tan dulce... y su dulzura estaba provocando que mantener mi corazón protegido fuera diez veces más difícil.

—De verdad, gracias, Blake —dije, con un nudo en el estómago—. Pero estarás retrasando al resto de parejas si llegas tarde. Aprecio todo esto, pero deberías ponerte en marcha.

—Esta es la manta más suave del mundo entero —dijo, entregando una manta suave para bebés—. Recuerdo una vez que estabas enferma en la escuela secundaria y Lucy te cubrió con una manta mientras veías las reposiciones de Gilmore Girls.

Mi piel se estremeció cuando puso la manta alrededor de mis hombros.

—Sí, pero...

—Y aquí hay una almohadilla térmica que es ideal para los dolores y molestias —continuó.

Traté de equilibrar todo lo que me estaba entregando en mis brazos, pero se estaba volviendo demasiado. Quería abrazarlo y decirle que Cassandra nunca lo amaría como yo. Y lo siento, pero darme lecciones de golf no cuenta como caridad. Debería saberlo, ya que doné mucho dinero y tiempo al rescate del perro favorito de mi amiga Abigail Apple. Rescate en el granero y la casa de Harrison (dedicado a los cachorros, lo que me parecía súper dulce).

—Blake, mira qué hora es y...

—Este té es una cura milagrosa —Abrió una lata y me la ofreció para oler. El olor a limón y jengibre me subió por la nariz. Mmm.—. Te haré una taza —dijo.

Negué con la cabeza.

—No, no puedo. Tu hora de salida es...

—Hannah, para —dijo con voz firme.

Dejé de mirar el reloj y lo encontré mirándome con esos ojos marrón café que tanto amaba. Nunca había usado un tono tan serio conmigo en todos los años que lo conocía.

—No voy a ir al torneo —dijo, antes de estirar la mano para apretar mi mano—. No te voy a dejar. Eres más importante que un juego de golf.

Mis cejas se juntaron.

—¿Qué hay de Cassandra?

—¿Qué hay de ella? —Se acercó y levantó mi barbilla

con su dedo para que no pudiera escapar de su mirada—. Cassandra y yo hemos terminado. Tú lo sabes.

Parpadeé.

—¿No estás comprometido con ella?

—¿Qué? No —dijo, sacudiendo la cabeza—. Definitivamente no.

Le entrecerré los ojos.

—¿Estás seguro? Tu madre parecía tener algo planeado en esa dirección. Y también Cassandra.

—Afortunadamente, no gobiernan mi vida —dijo, dejando escapar un suspiro y un gran peso se levantó de mi pecho. Blake no volvía a estar junto a su ex. Estaba allí, lo que tenía que significar que todavía le gustaba. Después de todo, había recordado mi amor por las mantas suaves y acogedoras—. ¿Ahora dejarás de hacer preguntas ridículas y dejarás que te cuide hasta que recuperes la salud? —preguntó.

Arrugué la nariz, encogiéndome mientras lo miraba.

—Oh, sobre eso... —Me mordí el labio inferior, sintiéndome aún más culpable—. Lo siento mucho, pero no estoy exactamente enferma per se.

—¿No lo estás? —Frunció el ceño y puso el dorso de su mano contra mi frente. Resistí el impulso de inclinarme hacia él. Su piel era tan cálida, tan suave y tan gentil—. Sí lo estás. De hecho, estás ardiendo. No es posible que no estés enferma.

¿Eh?

—No, lo inventé totalmente porque pensé que volviste con tu ex.

—Sin embargo, mira lo sonrojada que estás —dijo, pareciendo evaluar mi rostro—. Definitivamente tenemos que quedarnos aquí todo el día acurrucados juntos viendo películas. Por tu salud, por supuesto.

Me guiñó un ojo y eso fue todo lo que necesité para levantar mis labios en una sonrisa.

—Tienes toda la razón acerca de que estoy enferma —le dije, finalmente entendiendo lo que quería decir—. Y creo que tenemos que comer mucho chocolate y palomitas de maíz para ayudar con la recuperación.

—Exactamente —Él asintió y presionó sus labios en el interior de mi muñeca, haciendo que se me pusiera la piel de gallina en el brazo—. He oído que el chocolate y las palomitas de maíz son un antiguo remedio falso para enfermedades.

—Y no podemos olvidarnos del chocolate caliente —agregué.

Se rió, el sonido calentó mi corazón.

—Todo buen médico sabe recetar taza tras taza del chocolate caliente más espeso y rico para sus pacientes.

Ne estaba riendo esperando un día a solas con Blake cuando sonó su teléfono. Vi como lo sacó de su bolsillo trasero y luego frunció el ceño a la pantalla.

—¿Quién es? —pregunté, sin saber si quería saber la respuesta.

—Nadie —dijo, sonriéndome antes de deslizar su teléfono en el bolsillo de su pantalón deportivo.

Su teléfono volvió a sonar. Lo sacó y presionó un botón para silenciarlo. Mis cejas se juntaron cuando su teléfono sonó por tercera vez en menos de un minuto. Debería haber sabido que todo esto era demasiado bueno para ser verdad. Había estado soñando y era hora de despertar. Sabía lo que siempre había sabido: algo siempre nos separaría a Blake y a mí. En la escuela secundaria era Tommy y ahora era la gemela de Shailene Woodley.

Le puse una mano en el brazo y le miré.

—Deberías contestar la llamada —dije, sabiendo que nuestra nueva oportunidad de cita se había ido al garete incluso antes de que hubiéramos elegido película.

CAPÍTULO OCHO

—Será mejor que te des prisa y contestes tu teléfono móvil o sonará una cuarta vez y luego una quinta y luego, bueno, ya sabes —le dije, dándole un suave empujón en el hombro.

Blake me estudió intensamente mientras sonaba un tono más, antes de apretar mi rodilla debajo de las mantas.

—Está bien, pero seré muy rápido. Probablemente se estén preguntando dónde estoy, eso es todo.

Asentí con la cabeza mientras se levantaba y contestaba el teléfono.

—Oye, papá —dijo, y una sensación de alivio se apoderó de mí. Estaba segura de que era Cassandra—. Estoy en casa de Hannah. Debería haberte avisado antes, pero hoy no iremos. No, está enferma.

Tiré de las mantas sobre mis mejillas para ocultar mi sonrojo mientras la culpa se derramaba sobre mí. Me había comprometido con el torneo y ahora me estaba retirando. Sí, la organización benéfica tenía su dinero, pero tal vez

Blake esperaba jugar al golf aquel día y yo había arruinado su diversión al asumir que estaba de vuelta con Cassandra.

—Revisa la bolsa allí —susurró, dejando escapar un largo suspiro—. Elige uno mientras termino.

Arrastré la bolsa que había traído a mi regazo y saqué las comedias románticas clásicas de las que Blake solía burlarse de Lucy y de mí, por verlas. Estaba *Cómo perder a un chico en 10 días*, *50 primeras citas*, *El diario de Bridget Jones*, y sonreí cuando vi esta en particular: Serendipity.

Dejé las películas a un lado y miré hacia arriba para susurrar mi elección cuando noté que Blake me estaba dando la espalda, su mano ahuecando el auricular.

—No, tengo claro que es importante para la empresa, pero esto es importante para mí —dijo Blake, en voz baja —. Solo envía mis disculpas. Sí, sé lo que se espera de mí. Sí, sé que me comprometí. Pero la gente enferma. Sí, sé que represento a la familia...

A veces la vida es fortuita. A veces, todo encaja en el momento adecuado, con la persona adecuada. A veces, una cita de graduación cancelada conduce a un romance de cuento de hadas con un flechazo desde hace mucho tiempo. A veces, una ruptura reciente y lecciones de golf es todo lo que se necesita para dar como resultado una vida de amor después de años y años separados. A veces funciona.

Y a veces no es así.

Lentamente, con una última mirada anhelante a la película, devolví el DVD con los demás dentro de la bolsa.

—Papá, te lo dije. Hannah está enferma. No tengo pareja —dijo, pasándose la mano por el cabello—. Eso derrota el sentido de un torneo de golf de parejas. ¿Qué?

Cassandra? ¿Ella dijo que cambiaría? De ninguna manera. Hannah es mi socia, no puedo simplemente...

—Blake —le dije, odiando estar causando fricciones entre su padre y él. Él y su padre siempre habían tenido una buena relación. Sería egoísta de mi parte mantenerlo conmigo habiéndose comprometido con el torneo.

—Bueno, diles a todos que lo siento, pero no voy a ir.

—Blake —dije, alzando la voz esta vez.

Blake me miró. Solo una mirada hacia mí y se quedó paralizado a mitad de la frase.

—Espera, papá —dijo antes de cubrir el auricular y alzar una ceja.

Me moví incómoda en la cama y tragué.

—Deberías ir al torneo.

Blake dio un paso hacia mí.

—Hannah...

—No, en serio —Negué con la cabeza y traté de sonreír mientras bromeaba— No quiero que se te pegue lo que tengo. Es algo desagradable.

Él frunció el ceño.

—Hannah, ambos sabemos que no estás enferma.

—Y sabes lo que dicen —continué, porque aunque Blake era generoso, amable y considerado, realmente quería lo mejor para él. Si se quedaba allí conmigo, tendría problemas con su trabajo y con sus padres. No podía dejar que eso sucediera. Me preocupaba demasiado por él—. Dormir es lo mejor para un resfriado, ¿sabes?

—Hannah...

—De todos modos, Cassandra será una mejor compañera de golf —dije, forzando una sonrisa. Ella era la persona con la que sus padres querían que estuviera, por lo que debería jugar al golf con ella. También sabía cómo charlar con todo el mundo, que era lo que necesitaba para triunfar en el trabajo—. Ambos sabemos que ella es una mejor compañera para ti, Blake.

—¿Te refieres solo a compañera de golf, verdad? —preguntó, con una expresión de dolor en su hermoso rostro. Esa expresión se profundizó cuando no respondí.

Llegando al borde de mi cama, me miró fijamente. Parecía dispuesto a envolverme con sus brazos, a ver *Serendipity* y a comer palomitas de maíz con chocolate y ser mío. Lo sabía porque así era exactamente como me sentí al pie de las escaleras esa noche con mi vestido de graduación.

Pero al igual que yo, cuando tuve la oportunidad de expresar cómo me sentía de verdad, él no dijo nada de eso. Y me sentí agotada.

—Sinceramente, necesito dormir un poco, Blake —dije, sabiendo que no debería ser egoísta. No quería que Blake estuviera en conflicto con sus padres por mi culpa. Sería desagradable para mí no gozar del apoyo de su madre y su padre. Su familia estaba tan unida. Necesitaba dejarlo ir, incluso si eso significaba romper mi corazón—. ¿Podrías cerrar la puerta detrás de ti cuando te vayas?

Abrió la boca para decir algo, pero nunca sabría lo que había planeado decir porque una voz fuerte de su teléfono móvil interrumpió el tenso silencio entre nosotros. Levantó el teléfono y suspiró.

—Vale, papá —dijo, mirándome una vez más—. Iré.

Tragué el nudo que se había formado en mi garganta. Las lágrimas picaron en el fondo de mis ojos mientras Blake caminaba hacia la puerta de mi habitación. Cuando llegó al pasillo, se volvió hacia mí:

—Espero que te sientas mejor pronto, Hannah —dijo.

Con eso cerró la puerta detrás de él.

Y dejé caer las lágrimas.

* * *

Unos minutos después de que Blake se fuera para el torneo de golf, hubo un leve golpe en la puerta de mi dormitorio que apenas oí debajo de la montaña de mantas que había amontonado en mi cabeza.

—Vete, Lucy —grité desde mi cueva de miseria y aflicción—. No quiero hablar.

—Hannah —dijo Lucy, su voz suave desde fuera de mi habitación—. Hannah, tengo mimosas y panqueques. Sabes que no puedes resistirte a ellos.

Mi estómago gruñó en respuesta. Gemí y puse el edredón más apretado sobre mi cabeza.

—No quiero panqueques.

—Sí, quieres —susurró tentadoramente—. También les pongo mantequilla extra, como a ti te gusta. ¿Por qué no vienes a ayudarme a comerlos?

Mi estómago volvió a gruñir bajo las sábanas, pero sabía que era una trampa. Ella quería que yo hablara. Todo aquello era culpa de Lucy. Nunca me hubiera enamorado de Blake si ella no hubiera aceptado vivir en la casa adosada justo al lado de él. ¿Cómo se suponía que iba a resistir todos esos paseos al carrito de café de Courtney con él?

—No tengo hambre —mentí.

Suspiró y escuché sus pasos desaparecer por las escaleras. Un rato después, Lucy regresó a mi habitación y esta vez no hubo nada suave, gentil o silencioso en su llegada. Mi puerta se abrió sin previo aviso y levanté las mantas con sorpresa para encontrar a Lucy marchando directamente hacia mí.

—Lucy, ¿qué demonios?

—Lo siento, Hannah —dijo, mientras se precipitaba hacia mi cama—. Pero he intentado esto de la manera más fácil, realmente lo hice. Incluso hice panqueques y sabes que soy una cocinera terrible. El hornillo no es mi amigo y, bueno, puede que se hayan quemado un poco. Pero eso es lo mucho que te amo. Como tu mejor amiga, es mi responsabilidad hacerte sentir mejor, incluso si eso significa a la fuerza.

—¿A la fuerza? —pregunté, no me gustó el sonido de eso en absoluto. Empujé el edredón sobre mi cabeza. Un momento después, el edredón fue arrancado de encima de mí. Me quedé mirando a Lucy con los ojos hinchados y desconcertada.

—Esto es por tu propio bien —dijo, antes de rodearme con sus brazos y apretarme hasta que apenas pude respirar —. Ahora dime qué pasa, cariño.

Me retorcí para escapar de su potente abrazo con poca suerte. Su entrenador personal en el gimnasio Totally Fit ciertamente se estaba ganando su salario.

—No puedo decirte —dije finalmente.

—¿Por qué no? —Lucy me soltó lo suficiente para mirarme a los ojos—. Sabes que puedes contarme cualquier cosa. Cualquier cosa.

Negué con la cabeza obstinadamente.

—Esta no.

Ella frunció el ceño confundida.

—¿Qué, mataste a alguien? —preguntó, pareciendo reflexionar sobre la idea—. Quiero decir, supongo que puedo ayudar siempre y cuando no manche de sangre mi Gucci...

—¡Por supuesto que no maté a nadie, Lucy!

—¿Y entonces qué? —ella preguntó.

—No puedo decírtelo.

—¡¿Por qué?!

—¡Porque se trata de tu hermano! —grité por fin y luego me hundí en el abrazo de Lucy, sintiéndome realmente bien. Luego le hablé de sus padres y de Cassandra y de la bonita foto en la que no encajaba. Le conté que Blake había venido. Le conté que Blake se había ido. Le hablé de mi corazón roto.

—Y ahora soy una desgraciada.

No había pensado que fuera posible seguir produciendo lágrimas, ya había llorado mucho. Pero mis conductos lagrimales parecían decididos a demostrar que estaba equivocada.

—Hannah —dijo, después de pasar un largo silencio—. ¿Puedo contarte un secreto?

—Sí —La miré y asentí.

Se acostó a mi lado y se apoyó en un codo.

—En la escuela secundaria, te dije que llamé a Blake para llevarte al baile de graduación como un favor.

Me senté y asentí.

—Sí, ¿y?

—Bien... —Lucy sonrió tímidamente—. No es exactamente la verdad.

Arqueé una ceja.

—Blake fue quien sugirió llevarte al baile de graduación.

Mi corazón dio un vuelco.

—¿Blake lo sugirió?

Lucy asintió.

—Me pidió que no te dijera que fue idea suya.

—¿Por qué tendría que hacer eso?

—¿No es obvio ahora? —preguntó, poniendo una mano en mi hombro—. Porque obviamente le gustabas. No entendí eso en ese momento, pero ¿hola? ¿Por qué más se ofrecería a llevarte? Y sabes que mi hermano haría cualquier cosa para complacer a nuestros padres, ¡qué tonto! —Ella negó con la cabeza y puso los ojos en blanco—. Así que el hecho de que él vaya en contra de lo que ellos quieren y siga su propio corazón hasta la fecha debería decirte lo mucho que significas para él.

Sollocé, incapaz de creer que hubiera sido idea de Blake llevarme al baile de graduación. Debió quedar muy herido si pensó que yo quería ir con Tommy solo porque apareció. Algo similar a como pensé que preferiría estar con Cassandra ya que sus padres querían que estuviera con ella.

—Gracias por decírmelo.

Lucy me entregó una caja de pañuelos de papel de mi mesita de noche.

—Todavía no entiendo lo que ves en mi hermano geek. Pero os quiero tanto a los dos. ¿Cómo de estupendo sería si las cosas salieran bien entre los dos? Tienes que darle una oportunidad si quieres que eso suceda.

Algo dentro de mí cambió.

—Tienes razón, Lucy. Me he estado conteniendo con él,

vistiéndome con tu ropa en el campo de golf solo para encajar en esa parte de su mundo.

—Quizás también te has estado reprimiendo de ser tú misma en el trabajo —dijo con suavidad.

Darme cuenta me golpeó.

—Tienes razón. Me he estado conteniendo. Una parte de mí siempre se había sentido rara o diferente porque tenía un trasfondo muy diferente al tuyo y el de Blake. He estado tan ocupada vistiendo perlas y tratando de ser como todos los demás que he olvidado quién soy.

—El vestido de fiesta con zapatillas de color rosa intenso, Hannah. Quizás la sombra de ojos azul ya no tanto...

—Definitivamente, es hora de que la sombra azul desaparezca —Me reí, sintiéndome mejor que en meses—. Eres una buena amiga, Lucy. ¿Qué haría sin ti aquí para decirme cuando estoy actuando como una tonta?

—Siempre estaré ahí para la persona amable y reflexiva que compartió sus rodajas de manzana con esta niña asustada, que había dejado caer su bandeja de comida en el suelo de la cafetería, segura de que había arruinado el año.

—¿Pensaste que habías arruinado tu año? Siempre has parecido tan segura de ti misma.

—Ninguno de nosotros está seguro todo el tiempo, Hannah. Me costó mucho enfrentarme a mi jefe para decirle lo decepcionada que estaba de que eligiera el antiguo concepto de marca para el torneo. Reuní todo mi coraje para hacerle también saber que pensaba que se hacía un flaco favor al seguir el concepto anterior y que usar el nuevo concepto en el arco principal del club sería un paso sutil pero importante hacia un concepto de marca fresca y moderna para el evento.

Asentí, juntando mis manos.

—Ayer vi tus diseños alrededor del arco principal del club. ¡Fantásticos!

—Gracias —dijo, levantando un poco la barbilla mientras sonreía—. No era propio de mí contener mis pensamientos de esa manera, pero pensé que si mi jefe no escuchaba mi opinión con respeto, eso significaba que debería trabajar para alguien que aprecia mis comentarios.

—Tienes razón —dije, finalmente entendiendo lo que había olvidado por un tiempo—. Lo mejor que podemos esperar es ser nosotros mismos y encontrar personas que nos amen tal como somos.

Ella me sonrió y yo le devolví la sonrisa, el calor fluía a través de mi pecho.

—Te amo exactamente por quien eres, Hannah. Tu antigua jefa, Jennifer, obviamente también pensó que eras talentosa tal como eres, ya que luchó para que tuvieras ese ascenso.

—Tienes razón. Ella creía en mí, en mi verdadero yo, estilo de espíritu libre y todo eso. Supongo que estaba tan preocupada por perder lo que siempre había querido que olvidé que no vale la pena si no puedo ser yo misma.

—¿Te sientes mejor? —ella preguntó.

—Mucho mejor —Le sonreí a mi mejor amiga y luego le dije lentamente—. ¿Dijiste algo sobre panqueques y mimosas? Lo estoy deseando.

CAPITULO NUEVE

Aquella noche, con mi pijama más suave y mis calcetines más sedosos, me acurruqué en el sofá con mi portátil sobre las rodillas, un bol de palomitas de maíz a mi izquierda y la bolsa de patatas fritas más grande que pude encontrar en el supermercado a mi derecha. Mi vida amorosa podría ser un desastre (y a juzgar por la cantidad de migajas sobre mi pecho, tal vez también mi salud), pero estaba decidida a, al menos, arreglar mi relación con mi cliente, el Sr. Livingston, después de la debacle en el campo de golf.

Hice sonar Firework de Katy Perry desde el estéreo del comedor para inspirarme mientras pensaba en cómo demostrar mi profesionalidad a mi cliente (oye, cualquiera podría perderla por una bola atrapada en una trampa de arena), para que yo pudiera decir que mi empresa había hecho una buena inversión al creer en mí.

Me quedé mirando el cursor parpadeante del documento en blanco en la pantalla de mi ordenador portátil y gemí cuando mi cabeza cayó hacia atrás contra el respaldo del sofá. Nada. Cero ideas. Estaba condenada.

Estaba a punto de empezar a buscar un nuevo trabajo y actualizar mi currículum cuando el timbre de la puerta me interrumpió. Inclinándome hacia atrás con media patata frita entre los dientes, grité hacia la cocina: «¡Lucy! ¡Puerta!».

Volviendo a desplazarme por el documento en línea, me metí otra patata frita en la boca justo cuando volvió a sonar el timbre de la puerta. Gruñí. ¿La había visto sosteniendo una estera de yoga antes? Quizás había ido al gimnasio sin decírmelo.

—¡Lucy! —Grité, esperando una respuesta de mi mejor amiga—. ¿Lucy?

Cuando solo hubo silencio seguido de otro timbre insistente, moví mi portátil a la mesa de centro, sacudí las migas de la parte superior de mi pijama y caminé con dificultad hacia la puerta. No había nadie a quien quisiera ver en aquel momento y sobre todo nadie a quien ver inmersa en aquella condición de obsesión por el trabajo.

—Ya voy, ya voy —me quejé cuando el timbre sonó de nuevo.

Con un suspiro, abrí la puerta y vi a Blake con horror.

Él arqueó una ceja.

—Yo también me alegro de verte.

Me tomé un segundo para recuperar el aliento, alisar mi cabello despeinado del día en pijama y quitarme restos de los labios antes de abrir lentamente la puerta por completo.

—Blake.

—Hannah.

De acuerdo, habíamos apartado nuestros nombres del camino. Iba a preguntar qué estaba haciendo allí. Debería estar en la gala de celebración del final del Torneo de Golf Benéfico para Parejas. No debería estar allí en mi puerta. Pero la pregunta que salió de mis labios no fue la pregunta que pretendía hacer. En cambio, le pregunté con total desconcierto:

—¿Qué llevas puesto?

Miró su atuendo y enderezó las solapas de la chaqueta de esmoquin negra sobre la camisa blanca con cuello y el chaleco negro. Las costuras de la chaqueta le rodeaban los hombros y los pantalones le quedaban un poco apretados alrededor de sus muslos por su considerablemente más musculoso físico en comparación con sus años de adolescencia, pero era el mismo esmoquin de la noche de graduación. Lo reconocí totalmente. La pregunta del día era, ¿por qué lo llevaba puesto?

—¿No te gusta mi esmoquin? —preguntó, extendiendo los brazos y dando un pequeño giro en mi escalón de entrada.

Negué con la cabeza con incredulidad.

—¿Has inventado una máquina del tiempo o algo así? Porque tendrías que retroceder unos ocho años para que ese esmoquin te quedara bien.

Lucía una sonrisa contagiosa cuando entró en la casa y tomó mis manos entre las suyas.

—Si hubiera inventado una máquina del tiempo, Hannah, solo habría un momento al que me gustaría volver.

—¿Qué momento? —pregunté, mi voz no era más fuerte que el más leve de los susurros mientras algo se filtraba en la parte posterior de mi cerebro.

—¿Me recuerdas otra vez el tema de tu graduación? —preguntó. La pregunta me desconcertó.

—París o noches parisinas, o algo así, creo —dije, recordando muchas torres Eiffel, boinas y crepes, montones y montones de crepes. Mis cejas se fruncieron—. ¿No deberías estar en la Gala del Torneo de Golf Benéfico para Parejas con Cassandra?

Tomó mis manos entre las suyas.

—¿Todavía tienes ese vestido que te probaste hace un par de semanas?

Arqueé una ceja con curiosidad.

—¿Mi vestido de graduación?

Él asintió.

—El plateado y negro con la falda poofy negra.

—Eso se llama tul —dije, pensando en mi vestido de graduación. Me había preguntado sobre el tema de mi graduación y ahora preguntaba por mi vestido. Y él estaba parado allí al pie de las escaleras de mi casa en esmoquin. De repente no pude tragar bien y temí que se diera cuenta de lo sudorosas que estaban mis manos.

—¿Tienes ese vestido? —Él repitió.

Asentí, incapaz de hablar más.

—¿Y esa sombra de ojos brillante?

—Tal vez...

—¿Y esas zapatillas rosas?

Jadeé. ¿Estaba queriendo decir lo que parecía que quería decir?

Me sonrió.

—Parece que solo me queda una pregunta más para ti.

Mi respiración se detuvo en la garganta. ¿Estaba sucediendo aquello realmente? Me pregunté si Blake podía oír mi corazón latiendo en mi pecho, porque el sonido era prácticamente ensordecedor. Apretó mis manos y dijo exactamente lo que quise escuchar todos aquellos años atrás, lo que solo había escuchado en mis sueños más salvajes.

—Hannah, ¿quieres ir conmigo al baile de graduación? Me encantaría ser tu cita si me aceptas.

* * *

No estaba en Moulin Rouge, pero con la mano de Blake en la mía estaba cerca.

Un estrecho tramo de césped verde bien cuidado serpenteaba bajo las estrellas que centelleaban en lo alto de un molino de viento adornado de luces diminutas. Daba vueltas y vueltas perezosamente entre las risas de los niños, el burbujeo de un arroyo pintoresco (un poco más pequeño que el Sena) y la tenue melodía de los clásicos franceses, como Édith Piaf y Charles Aznavour sondando a través de unos altos altavoces.

El viento desordenó la falda de tul de mi vestido de graduación mientras miraba hacia el campo de golf en miniatura de temática parisina con senderos pintados para que parecieran calles adoquinadas que se retorcían entre la icónica Torre Eiffel, la pirámide de cristal del Louvre y un enorme croissant de plástico, porque, ¿por qué no?

—¿Qué piensas de tu baile de graduación en el *Château d'Golf* del campo de golf en miniatura? —preguntó.

Lo miré y sonreí.

—Creo que ha valido la pena la espera.

—Definitivamente se podemos decir que hemos esperado mucho tiempo para que llegara esto —Él se rió y se inclinó para colocar mi pelota de golf en la almohadilla de goma frente al primer hoyo con el molino de viento—. Veamos qué tienes, Hannah —dijo con un guiño que me hizo temblar las rodillas.

Alineé los pies a la altura de la cadera y miré la pequeña abertura a través del molino de viento, concentrándome en elegir el momento adecuado. Demasiado pronto o demasiado tarde y la pelota rebotaría en mis zapatillas rosas. El tiempo lo era todo.

Pero a la vez que movía mi putter rosa neón, Blake me interrumpió diciendo:

—¡Espera, espera!

Levanté la vista de la pelota de golf, llena de confusión. Pero esa confusión solo creció cuando Blake chasqueó los dedos y salió corriendo hacia el aparcamiento, dejándome sola ante el hoyo.

—¡Solo espera! —gritó por encima del hombro mientras saltaba entre los campanarios de Notre Dame—. Vuelvo enseguida.

Echando un vistazo a las familias con niños que jugaban al golf, me balanceé de un lado a otro sobre mis talones. ¿Qué demonios estaba haciendo? Un minuto después, Blake corrió hacia mí con algo en la mano.

Abrió la tapa de plástico transparente de un ramillete.

—Olvidé darte esto.

—Es tan bonito —Extendí la mano para pasar suavemente mi dedo por los pétalos, suaves como el terciopelo.

—¿Puedo? —preguntó.

Asentí con la cabeza, porque no podía formar palabras en aquel momento. La piel de gallina subió por mis brazos cuando Blake deslizó el ramillete alrededor de mi muñeca. No pude evitar sonreír cuando su lengua salió disparada de la esquina de su boca debido a su intensa concentración.

—Ahí —dijo finalmente, retrocediendo y admirando su trabajo. Me miró de arriba abajo de la cabeza a los pies antes de sonreírme—. Feliz fiesta de graduación, Hannah Griffin.

Me reí.

—Feliz fiesta de graduación, Blake Remington.

Regresamos al molino de viento y con mi vestido puesto y mi ramillete en su lugar y con mi cita de graduación finalmente a mi lado, acerté, perfectamente.

No hubo un arco de globos rosados y dorados como el de la entrada de la cafetería del instituto, pero pasamos cogidos del brazo con nuestros putters de golf a través de una réplica del Arco de Triunfo y Blake me besó en la mejilla en la sombra.

El confeti no cubría los adoquines de imitación por los que deambulábamos mientras reíamos y charlábamos, pero las estrellas brillaban más que cualquier confeti plateado. No cambio por nada el acento francés de Blake mientras cantaba en los Champs-Élysées, totalmente indiferente a los adolescentes que lo miraban desde el puesto de crepes lleno de botes de Nutella y plátanos.

Durante aquel tiempo que pasamos en el mini golf, me olvidé del registro de anotaciones, del par, incluso de meter las tontas bolitas de colores en los hoyos. Estábamos demasiado absortos el uno en el otro.

El final del mini golf llegó demasiado pronto y dudé al comienzo del último hoyo. Era uno complicado en el que tenías que golpear la pelota perfectamente para que subiera por una rampa hasta la parte superior de una boina roja brillante. La bola desaparecería en el agujero y eso sería todo. La fiesta de graduación terminaría.

En mi primer swing, intenté a propósito fallar y golpear la pelota para que rebotara de un lado a otro contra las paredes y terminara detrás de la rampa en lo alto de la boina. Habría sido el lugar más difícil de recuperar. Me hubiera costado muchos golpes meter la bola en el hoyo. Pero en un verdadero testimonio de mis terribles habilidades en el golf, acerté el tiro y miré con horror cómo mi bola subía directamente a la parte superior de la boina roja y desaparecía en el hoyo.

—¡No! —Grité.

Blake se rió de mi desesperación y señaló la boina.

—¿Qué quieres decir? Lo has clavado, cariño.

Me sonrojé y miré mis zapatos rosas.

—Quería perder.

Él echó un vistazo al agujero en el que había desaparecido mi bola para nunca más volver y postergar aquella noche maravillosa.

—¿Pero por qué harías eso? —preguntó, acercándome a él y envolviéndome en un abrazo que me hizo sentir calidez, acogimiento y felicidad.

—Porque no quiero que termine el baile de graduación —admití, mirando a Blake a los ojos—. Quiero que la noche de graduación continúe. No estoy lista para que termine.

—Tal vez no tenga que terminar —dijo, claramente tramando algo.

—¿Qué quieres decir?

—Conozco un lugar donde podemos ir a bailar esta noche —dijo, con una sonrisa cada vez mayor.

Entrecerré los ojos con sospecha.

—¿Dónde?

—La gala del torneo en el club.

—¿La gala del torneo de golf está sucediendo ahora mismo? ¿Con todas esas personas que iban en carrito de golf? ¿Todas? —pregunté con una idea en mente.

—Sí, incluso mis padres estarán allí. Entiendo que si no quieres...

—¡Vámonos! —Aplaudí, siendo consciente de la oportunidad que se presentaba frente a mí. Tomé la mano de Blake y lo conduje por la pasarela de adoquines, pasé el croissant gigante y la Torre Eiffel.

—Tienes bastante prisa por bailar —dijo.

—Oh, bailaremos —dije, pensando que el baile de mi noche de graduación con la cita que realmente quería se había retrasado bastante—. Pero primero tengo algo importante que hacer.

CAPÍTULO DIEZ

Aunque estaba enamorada de mi cita de graduación y aquella había sido la mejor noche de mi vida, tenía que admitir él había perdido la cabeza.

—De ninguna manera, Blake —Sacudí la cabeza y agité las manos frenéticamente desde el asiento del copiloto de su Mercedes, pero aún así se detuvo en la entrada del Arbor Grove Country Club—. ¿Hola? Blake? Preguntaste y dije que no. Ese es el momento en el que giras el voltante y te das la vuelta. Esto no va a suceder mientras vaya vestida así. Comprenez-vous?

—Hannah...

—Que no. Hay cero posibilidades. No, absolutamente no. No, no y no —Simplemente dejé de hablar porque estaba a punto de quedarme sin aire. E incluso mientras respiraba profundamente aire hacia mis pulmones, seguí sacudiendo la cabeza y agitando las manos hacia Blake.

—Deja de preocuparte tanto por lo que llevas puesto —dijo, con una voz absolutamente tranquila. ¿Cómo podía estar tan tranquilo cuando yo me estaba volviendo loca justo en el asiento junto a él? Realmente era el yin de mi yang. ¿O era yo el yin y él el yang? Oh, ¿por qué era aquello algo que me preocupaba en aquel momento? Claramente ya tenía suficientes problemas.

—No puedo entrar vestida así —dije, señalando hacia el gran vestíbulo de cristal que destellaba con luces de colores y resonaba con música—. Como dije, primero necesito ir a casa y cambiarme.

Hice un gesto hacia mi falda de tul negro.

—El cliente que necesito pescar, el Sr. Livingston, está ahí. Su primera impresión de mí hachando una pelota en una trampa de arena no fue exactamente la ideal. ¿Qué tan profesional pensará que soy si entro con esto?

—Estás preciosa —dijo, mirándome con esos ojos marrón café. Seguidamente detuvo mi momentáneo enloquecimiento con sus labios, dándome un dulce y gentil beso. Congelada por su tacto, lo miré a los ojos mientras se apartaba, tocaba mis mejillas y sonreía.

—Además, ¿ves lo que llevo puesto? —preguntó.

Volví a mirar su esmoquin.

—Sí, estás un poco demasiado mudado con un esmoquin demasiado pequeño para ti. Qué vergonzoso —dije, usando un tono inexpresivo.

—En un momento de mi vida, me habría avergonzado —Hizo una pausa, asegurándose de que mis ojos estuvieran puestos en él mientras continuaba—. Pero he cambiado gracias a ti, Hannah. Me mostraste la alegría de ser uno mismo.

—¿Lo hice? —Le pregunté, pensando que si supiera la crisis de identidad que había atravesado durante los últimos meses se sorprendería.

—Sí, me mostraste que la ropa que usas no es tan importante como el corazón debajo de ella. Me mostraste que no necesito un buen coche, una membresía en un club de campo o un esmoquin que te quede bien —dijo, pasando su pulgar por mi pómulo.

—Por supuesto que eres suficiente —dije, derritiéndome bajo su tacto—. He estado enamorada de ti toda mi vida, Blake. Todo ese tiempo pensé que estábamos condenados, pero ahora me doy cuenta de que lo nuestro estaba predestinado.

—Te ha costado bastante darte cuenta de eso, Griffin —bromeó, dejando escapar una carcajada. Entonces su rostro se puso serio—. Ahora, entremos allí, frente a todos, y celebremos que finalmente estamos juntos. Quiero celebrarlo contigo, Hannah. Quiero pasar esta noche y toda mi vida celebrando eso contigo.

—Yo también —dije con una cálida sensación cayendo sobre mí, ya que sentía lo mismo por él. Respiré hondo y temblorosamente—. Vale, Blake. Mostremos a esa gente que la ropa de graduación está de moda.

—Esa es la Hannah Griffin que conozco y amo —dijo con una sonrisa.

—¿Dijiste que...? —Mi boca se abrió y un hormigueo subió y bajó por mi columna mientras buscaba sus ojos marrón café. La comisura de su boca se levantó mientras asentía con la cabeza, extendiendo su brazo para que lo tomara. No pude evitar que la sonrisa se extendiera por mi rostro mientras deslizaba mi mano bajo su brazo—. ¿Sabes qué, Blake Remington? Yo también te quiero.

Juntos, caminamos tomados del brazo hacia la gala. Los candelabros de cristal centelleaban y un DJ pinchaba la canción más exitosa del momento mientras nos adentrábamos entre la multitud que rodeaba la pista de baile. Atrajimos mirada tras mirada mientras prácticamente separábamos el mar de gente. Pero nuestra gran entrada se interrumpió cuando vi a mi cliente potencial, no, mi futuro cliente (había que pensar en positivo). Livingston. Él también me vio y, eh, pareció reconocerme. Qué vergüenza.

El pánico inundó mi pecho mientras caminaba hacia él, extendiendo mi mano a modo de saludo.

—Señor. Livingston. Soy Hannah Griffin de Haskell & Haskell. Me alegro de verle por aquí.

—Encantado de conocerla, Srta. Griffin —dijo, estrechándome la mano. Para empezar, su cabello canoso era un poco largo y rizado. Esperaba encontrarlo con un traje negro sobrio exactamente igual que el de todos los demás allí (excepto el de Blake, por supuesto), pero me sorprendió encontrarlo con un esmoquin de terciopelo verde con una camisa estampada de flores debajo. Una orquídea rosa brillante lucía prendida en su solapa—. Hola, Blake.

—Encantado de volver a verle, señor.

Sonreí cortésmente mientras se estrechaban la mano e intercambiaban cortesías. Supuso que Blake lo conocía y que la empresa de su padre lo representaba. Me di cuenta de que si hubiera sabido eso, podría haberle pedido a Blake una presentación y haber evitado la debacle del golf. Pero, de nuevo, no habría pasado todo aquel tiempo con Blake y me di cuenta de que no estaríamos donde estábamos en aquel momento.

—Quería hablar con usted, Srta. Griffin —dijo Livingston, sin que pareciera notar ni preocuparse por mi vestido poofy preferido—. La estuve buscando, pero no la vi hoy en el campo de golf.

—Oh, bueno… —Mis mejillas se calentaron y quise que el rosa brillante quedara oculto por las luces de la pista de baile.

—Hannah no se encontraba bien esta mañana —dijo Blake, dándome un apretón de ánimo en la mano—. Pero ahora está mucho mejor.

—Claramente —dijo el Sr. Livingston con una sonrisa divertida cuando se dio cuenta de mis zapatillas tenis rosas —. Recibí varios mensajes de mi asistente que usted me dejó con respecto a las redes sociales de mi marca.

—Sí, señor —dije, un millón de pensamientos pasaron por mi mente mientras me encogía—. Por favor, permítame programar una cita adecuada para poder presentarle mis ideas en su oficina. No decida ahora mismo. Sé que hice el ridículo en el campo de golf, pero tiene que entender…

—Suficiente —El Sr. Livingston negó con la cabeza y levantó la mano en un gesto inequívoco para que me detuviera—. Griffin, he tomado una decisión.

Di un paso adelante.

—¿La ha tomado? Pero si puede venir a mi oficina el lunes, le puedo demostrar mi valía primero —dije, sabiendo que estaba a punto de decirme que era imposible que él trabajara conmigo en Haskell & Haskell después del desastre que monté en la arena.

—Griffin —dijo el Sr. Livingston con firmeza—, mi decisión es definitiva.

La música palpitaba a mi alrededor, mi corazón latía contra mi caja torácica y por primera vez en mi vida no dije nada. Solo esperé.

—Te contrataré —dijo.

Lo había escuchado hablar, pero ¿lo había escuchado correctamente? Me dije a mí misma que era imposible. No podría haber dicho lo que pensé que acababa de decir. Golpeé aquella pelota unas cien veces sin éxito.

Blake se inclinó hacia mi oído y susurró.

—Esta es la parte en la que aceptas el puesto.

Miré a Blake y luego miré al Sr. Livingston, quien me mostró una medio sonrisa.

—¿Quiere que administre sus redes sociales? —pregunté, necesitando confirmación una vez más—. ¿A pesar de la que monté en el campo de golf y de aparecer aquí con un vestido de graduación?

—Es por esas cosas que quiero trabajar con usted —dijo, mirándome directamente a los ojos—. Ya miré su biografía en el sitio web de Haskell & Haskell. Pero lo que me convenció fue su vestido. Quiero trabajar con alguien con pasión que se arriesgue y se entregue plenamente, y esa es precisamente usted.

—¿Incluso después del episodio de la trampa de arena? —espeté.

—Todo el mundo falla, señorita Griffin. Lo que distingue a una persona considerada de éxito es una persona que no se rinde —Extendió su mano hacia mí—. ¿Acepta?

—Por supuesto —Miré a Blake, cuyos ojos brillaban de felicidad y orgullo por mí. Levantando la barbilla y echando hacia atrás los hombros, estreché la mano del Sr. Livingston con confianza en mi trabajo, confianza en mis habilidades, confianza en mí misma, tal como era.

* * *

En el momento en que el Sr. Livingston desapareció entre la multitud de alrededor, me volví hacia Blake con la sonrisa más grande jamás mostrada y luego grité de pura alegría. De hecho, me empezaron a doler las mejillas de sonreír con tanta fuerza. Conseguí el trabajo. ¡Sí!

—¿Puedes realmente creer lo que acaba de pasar, Blake? —pregunté.

—Sí que puedo —dijo, dándome un fuerte abrazo.

Pensé que nada en aquel perfecto momento con Blake podría arruinar mi felicidad, pero luego escuché una voz familiar que sonó como uñas rasgando una pizarra.

—Blake, cariño, ¿qué es esa cosa absolutamente horrible que llevas puesta?

Me aparté de los brazos de Blake para encontrar a Cassandra serpenteando hacia nosotros con el ceño fruncido. Oh, genial. Probablemente la última persona en el mundo a la que quería ver. Tenía un aspecto increíble con un vestido negro que probablemente era de Christian Dior. Sus orejas y escote goteaban diamantes.

—¿No sabes quién está aquí? —dijo Cassandra, agarrando el brazo de Blake e intentando arrastrarlo hacia ella.

—Hannah y yo estamos aquí —dijo, deslizando su brazo alrededor de mi cintura—. Eso es todo lo que me importa, de verdad.

Cassandra se cruzó de brazos.

—¿Qué llevas puesto? Exijo una explicación para esta absoluta ridiculez.

Blake fingió confusión mientras miraba su viejo y

pequeño esmoquin.

—¿No te gusta mi esmoquin? —preguntó.

—Para nada. En serio, Blake —Ella negó con la cabeza con disgusto y solo me dedicó una mirada superficial antes de volverse hacia él—. Casi se rompe en las costuras y los pantalones son cinco centímetros más cortos.

—Bueno, me gusta —dijo, lo que hizo que mi corazón diera un salto.

Vi como Cassandra suspiró con frustración, se frotó las sienes y exhaló con fuerza. Finalmente abrió los ojos y señaló a Blake con el dedo.

—Escúchame, Blake, en menos de diez minutos se supone que debemos tomarnos fotos con los socios del bufete de abogados de tu padre y el alcalde y los otros donantes más importantes del Torneo Benéfico de Golf para Parejas —Señaló con el dedo el pecho de Blake—. Tienes hasta entonces para cambiarte a algo más respetable, más como tú.

—Cassandra, este soy yo.

—No lo eres, Blake —insistió—. Eres de una buena familia con un buen nombre en una buena parte de la sociedad. Imagínate lo que pensarían tus padres si te vieran así. Esto está por debajo de ti —dijo, echándome una mirada para que fuera obvio que ella pensaba que yo también estaba muy por debajo de él.

Ya estaba bien. Ya había tenido suficiente.

—¿Te estás refiriendo a mi? —pregunté, viéndola levantar las cejas en respuesta—. Mira, este vestido puede ser barato, viejo y oler a naftalina. También puede que esté horriblemente pasado de moda según las revistas de diseñadores. Pero me hace feliz, así que acéptalo.

Me miró con los ojos entrecerrados y luego a mis zapatos.

Me acerqué un paso más.

—Puede que me ponga zapatillas rosas, pero me encanta este look. Sabes, criticarme no te sienta bien. Simplemente hace que parezcas malvada.

Ella me miró boquiabierta.

—¿Cómo te atreves?

—Me atrevo y tenía que haberlo hecho antes. Espero que tengas una buena noche —dije, empujándola y abriéndome paso entre la multitud, incapaz de detener la sonrisa que tiraba de mis mejillas.

—Déjala ir, Blake —oí que decía Cassandra detrás de mí—. Ella no lo vale. Tenemos que hacernos unas fotos, cariño.

Estaba a medio camino de la puerta principal del club de campo para dejar la gala cuando hice una mueca como todos los demás ante el chirrido de la interferencia del micrófono del DJ.

—Lo siento, lo siento —dijo una voz familiar, haciendo eco sobre la multitud—. Lo siento a todos. No estoy acostumbrado a usar esta cosa.

Me detuve y me volví, respirando con sorpresa cuando vi a Blake sosteniendo un micrófono en la cabina del DJ, parpadeando y moviéndose de un pie a otro siendo el centro de atención. ¿Qué estaba haciendo?

—Buenas tardes a todos...

Vi como la atención de toda la multitud se centró en él, de pie allí con su esmoquin dos tallas pequeño de hace una década. Incluso yo podía ver unos cuantos centímetros de su tobillo sobresaliendo de las piernas demasiado cortas del pantalón. Así que seguramente sus compañeros abogados, su familia, sus clientes potenciales y todos los ciudadanos de clase alta de Sacramento también podían verlo. Moverse entre la multitud era una cosa, pero saltar al escenario y ser el centro de atención era algo completamente diferente. Di un paso y me acerqué mientras fruncía el ceño en confusión.

¿Qué demonios estaba haciendo? ¿Por qué no me seguía de regreso al coche? Podríamos estar en el *Château d'Golf* en veinte minutos si nos íbamos en aquel momento y echar una partida.

—Bueno, a lo que iba —murmuró Blake, claramente incómodo con toda la atención puesta en él. Siempre se había sentido más cómodo en un rincón tranquilo con un libro—. No voy a quitarles demasiado tiempo, pero hay algo que necesito decir.

De nuevo se aclaró la garganta cuando la multitud se agitó. La gente miró a las personas que estaban a su lado en busca de respuestas mientras los susurros se extendían entre la multitud.

—Hay una mujer que amo y cada vez que tuve la oportunidad de luchar por ella, la desaproveché —explicó, su voz se volvió más firme, su postura más incómoda—. Y cada vez que ella se iba, tuve la oportunidad de correr tras ella, llamarla o hacer algo para detenerla y todas las veces la vi marcharse.

Entrecerró los ojos contra el resplandor de las luces brillantes fijadas en él en el escenario y mi ritmo cardíaco saltó cuando lo vi buscándome. Sabía que sería casi imposible que me viera allí, al borde de la gran multitud.

—Hannah, donde sea que estés —continuó, mi nombre

me puso la piel de gallina a lo largo de mis brazos—. Ya no me voy a ir. Nos quedaremos aquí y por fin tendremos ese baile que hace mucho tiempo no tuvimos. Así que, Hannah Griffin, si puedes oírme, ¿quieres bailar conmigo?

Contuve la respiración mientras Blake asintió con la cabeza hacia el DJ, bajó el micrófono que de nuevo dejó escapar un chillido horrible y salté a la pista de baile donde la multitud se dividió en un amplio semicírculo. Supuse que todos con sus elegantes trajes de lana finamente tejida y elegantes vestidos de seda no estaban muy emocionados de estar tan cerca de tanto poliéster cuando comencé a avanzar.

«You're Still the One» de Shania Twain comenzó a sonar por los altavoces. A través de una visión oscilante, vi entre los hombros de la multitud como Blake se rascaba la nuca y luego, para mi total sorpresa, comenzó a bailar.

Los movimientos de baile de Blake no iban a ganar ningún premio, pero sacudía las caderas, balanceaba los hombros y movía los pies de lado a lado. Les estaba mostrando a todos de una vez por todas con quién realmente quería estar: conmigo.

Vi a su madre y a su padre de pie cerca de él y él los saludó con una mirada esperanzada. Su madre puso su mano sobre su corazón, se volvió hacia su esposo y me di cuenta de que sabía que su sueño de Blake y Cassandra había terminado. Me gustaban los Remington y esperaba que se acostumbraran a Blake y a mí juntos. Si no era así, lo solucionaríamos.

Él me estaba esperando. No estaba a los pies de las escaleras de la casa de sus padres la noche del baile, pero todavía estaba allí, esperándome después de tanto tiempo.

Limpiando una lágrima de mi mejilla, continué abriéndome paso entre la multitud. La gente se volteó para mirarme de forma divertida, pero yo los ignoré porque quería llegar hasta él. Era todo lo que quería. Él era todo lo que siempre quise.

La última fila de personas en el borde del semicírculo se hizo a un lado y siempre recordaré el momento en que sus ojos me encontraron. En esos ojos marrones, vi alegría. Vi alegría. Vi mi futuro. Con una sonrisa radiante, se acercó a mí mientras Shania gritaba: «No hay nada mejor, vencimos los pronósticos juntos, me alegro de no haber escuchado»...

Me estremecí cuando me tendió la mano, fuerte, firme y seguro. Cuando puse mi mano en la suya, me acercó a él y colocó su otra mano a mi alrededor. Mientras disfrutábamos nuestro baile de graduación, sin importar en absoluto que alguien estuviera mirando, me sonrió.

—Siempre serás la única, Hannah —dijo.

Jadeé cuando él me apretó fuerte, se inclinó y presionó sus labios contra los míos. Fue la sorpresa más maravillosa. Mis ojos se cerraron revoloteando en sus fuertes brazos mientras me derretía en la calidez de su beso. Me perdí en nuestros cuerpos balanceándose cuando la canción terminó y comenzó otra. Aún así, continuamos bailando y en algún momento todos los demás se unieron.

Se había tenido que mudar a la casa de al lado para que pudiéramos llegar hasta allí, pero habíamos tenido que encontrarnos a nosotros mismos primero. Me sentía feliz conmigo misma y él ahora se sentía cómodo en su propia piel, así que por fin encajábamos a la perfección.

Fin

CITA AL RESCATE

Si te ha gustado pasar un rato
con estos personajes,
asegúrate de leer la historia de Lucy en:

Cita al Rescate
(Cita para Rehacer, 4)

FÁCIL REGISTRO PARA EL LECTOR EXCLUSIVO DE
SUSAN NEWSLETTER:
HTTP://WWW.SUSANHATLER.COM/NEWSLETTERES

SOBRE LA AUTORA

SUSAN HATLER es una autora superventas del *New York Times* y *USA TODAY* que escribe romance contemporáneo humorístico y emocional y novelas para adultos jóvenes. Muchos de los libros de Susan han sido traducidos al alemán, español, francés, y italiano. Optimista por naturaleza, cree que la vida es increíble, la gente es fascinante, y la imaginación es interminable. Le encanta pasar tiempo con sus personajes y espera que a ti también te guste.

FÁCIL REGISTRO PARA EL LECTOR EXCLUSIVO DE SUSAN NEWSLETTER: HTTP://WWW.SU-SANHATLER.COM/NEWSLETTERES

Puedes contactar con Susan aquí:
Facebook: facebook.com/authorsusanhatler
Instagram: instagram.com/susanhatler

Twitter: twitter.com/susanhatler
Sitio web: susanhatler.com/espanol

LIBROS DE SUSAN HATLER

La Serie: Cita para Rehacer

La Cita Millonaria

La Doble Cita Desastre

La Cita de al Lado

Cita al Rescate

Cita a la Moda

Érase una Vez una Cita

La Serie: Mejor una Cita que Nunca

Amor a Primera Cita

Verdad o Cita

Mi Ultima Cita a Ciegas

Salva la Cita

Giros de una Cita

Licencia para Citas

Conducida a Citas

Arriba con la Cita

Déjà Cita

Cita y Corre

LIBROS DE SUSAN HATLER

La Serie: Bahía de la Luna Azul

La Posada de las Segundas Oportunidades

Promesa de Mujeres Hermanadas

La Estrella de los Deseos

La Casita de Campo más Acogedora

La Serie: Sueños en Montana

Un fantástico festival

Una cautivadora cena

Una brillante boutique

Una memorable montaña

Una bonita boda

Una especial excursión

Una sensacional sorpresa

Una novedosa Navidad